狂言

サイボーグ

狂言机器人

［日］野村万斋/著
のむらまんさい

董纾含/译

NOMURA MANSAI

后浪剧场 046

四川文艺出版社

目 录

自序　狂言与计算机 6

1 狂言与"身体"

狂言与"脸" 5

狂言与"颈、肩" 9

狂言与"喉结" 13

狂言与"发" 17

能·狂言与"胸、腹" 21

狂言与"胡须" 24

狂言与"背" 29

狂言与"腰" 34

狂言与"手" 39

狂言与"足" 44

吾乃武司　编年史 1987—1994.................49

2　狂言与"感觉"

狂言与"狂".................97

狂言与"眼".................100

狂言与"鼻".................103

狂言与"咂嘴".................108

狂言与"言".................113

狂言与"耳".................117

狂言与"声".................121

狂言与汉字.................124

吾乃万斋　编年史 1995—2000.................129

3　狂言与"性质"

狂言与传统.................171

狂言与口传.................174

表演与经济.................177

狂言与"男女" 180

狂言与装束 184

狂言与安迪·沃霍尔 189

狂言与"学" 191

为了那些"狂言气"的小孩子 196

狂言与海外公演 200

葫　芦 204

狂言与"未来" 208

后记　我是狂言机器人 217

文库本后记 221

出版后记 225

自序　狂言与计算机

2000年，我应文部省[1]中央教育审议会的邀请，参与了一次研讨。当时讨论的主题是"教养"。所谓"教养"，究竟是什么呢？借着此次研讨，我再次思考了这个问题。

我所认为的教养，就是"身体为了生存所具备的机能"。以知识的形式死记硬背下来的不是教养。若以狂言为例，狂言师为了掌控舞台而习得的教养，我们称之为"型"。一边通过个性和经验编排这种"型"，一边将其展现出来，这就是狂言的一大修习之道。

狂言的教授是师父与弟子一对一进行的，弟子要学习狂言，需从模仿师父开始。其中尤以父子之间"口耳相传"的情况最为多见。说到模仿，其实就是令自己变成旁人，也可以称为表演这种行为的源头。因为狂言是借他人来表现自身，所以也可以说，是模仿的艺术促进了狂言的发达。

狂言师的弟子——也就是他的孩子——会以声音和身体为核心去模仿父亲，并记下这种模仿。这其实与动物为了保护自己和寻得食物而模仿父母，并将父母的行为全部记忆下来是一回事。对于后代的教育，我们常强调要尊重孩子的个性。然而，没有亲身习得教养的孩子，恐怕是没有办法真正拥有个性的。

对于我们这些狂言师来说，自幼所习之艺和尊重个性毫无关系。师父说出"吾乃居住于此附近之人"，弟子便重复这句话，就这样一句一句地学习下去。师徒二人面对面，父亲——也就是师父——会将声音直接传递过来，然后徒弟会在内心中通过自己的感受去理解这句话，继而将它再现，回复给师父。整个练习过程就是这样不断地反复。

倘若用时下的计算机语言去解释这种行为，那么"狂言的训练"其实就是编程。"编程"这个词，可以说是一个重点。不去理会儿童会如何理解，而是将一名狂言师所应具备的功能大量地植入孩子的体内，这一点非常重要。这一过程中根本不存在"个性"。为了避免弟子出现"程序错误",师父——也就是程序员——会要求徒弟无数次地重复模仿。

以台词、语言为例,它们是通过传递内容、含义的信息和声音才得以成立的。此处的"声音"可以从种种形式的角度去分析。音质、音色、音量自不必说,还有能量及其所表现出的整体印象等方面需要顾及。所以即便是师父亲口传授,还是会有孩子所无法理解的部分存在。最初,弟子先是模仿"音程",小声重复"吾乃居住于此附近之人",然后师父会提醒他"声音太小了",于是弟子就要进一步模仿"音量"。也就是说,师父会故意让弟子暴露出没顾到的细节,然后提醒他注意,如此循环往复,最终固定下来。

狂言中存在着"立姿"[2]。在狂言中,"立姿"指的就是"毫无破绽地站立"。能舞台是一种不使用舞美道具的"空的舞台",身体必须能持续承受来自观众的那种专注力所带来的紧张感。这种"立姿"也是弟子模仿师父,从师父那里习得的。但是,每个人的手臂、手腕、腰围的长短比例都是不同的,所以师父从整体出发做示范,然后弟子对所见进行理解,模仿师父的"立姿"并展示给他看。师父也从其所呈现的整体状态着手修正。比如弟子摆好"立姿",伸出一只手,倘若师父觉得手的位置太靠下,就从下向上敲打它;如果觉得手抬得过高,就从上向下敲打它。通过敲打,被击中的那一部位的神经就会受到触动,弟子的精神也会逐渐集中,"型"便得以逐渐扎根于他的身体里。

就这样,一边不时有痛苦伴随,一边逐渐令意识深化,久而久之,全身的线路将被打通并开始工作。到此为止,一名狂言师便习得了他应有的"教养"。

在拍摄照片时,经常有人说我"看上去仿佛全身的神经都接通了一般"。但我在儿时是做不到全身的神经都连接起来去摆"立姿"的。所谓的教养与人本身的意志无关,在某种程度上,它是在进行一种"数字化"的编写。我们常看到这种情况:因为无法完全信任自己的身体机能,所以演技就显得不甚舒展流畅。这也能够说明,所谓古典艺能,就是虚拟的人在驱使着"型"或"立姿"这类"数字化"的东西。

人体其实很像是一种"硬件"。只要拥有一台能够通过身体(而非知识)习得"型"和"立姿"这一类"软件"的"计算机",就拥有了能够发挥自身个性的力量。这和我本身的意志无关。这是因为自我幼时起,狂言就被灌输进了我的身体里，它将我改造成了一台适合展现狂言艺术的计算机。

其实，不论是我来表演狂言，还是一位业余人士来表演狂言，"型"都是同样的，没有区别。但是倘若累积的经验及表演者生活的环境不同，那么表现出来的那种"质"也会有所不同。专业人士能够发挥他的专业性，加倍、加速地提高技艺水准，令身体机能逐渐增强。狂言这种艺能形式并不是只有"古老"这么一个特征而已，它还具备普遍性——一个完成了的方法论。

举个例子，在狂言中，"笑"也有其相对应的"型"。一般在西方，如果要表现欢笑或悲伤这类情感，就需要先令自己产生这样的情感，然后再思考如何在此基础上做出"表现"这一情感的行动。但是在狂言中，即便没有想要发笑的情感，只要使用"型"这种"软件"，演员就会像突然按下开关一样自动做出表现发笑的行动。总之，套用"大声发笑"这样的"型"，就能让自己倾诉出来，随之也就豁然自在，感到"想笑"了。这正是一种"编程"啊。虽然一开始不明白其中的道理，但是只要学习了相关的手法，就会逐渐熟练，相关功能也会开始运作，并为我所用。而涉及"表现"的行动，是不能通过灌输知识习得的。日本的古典艺能就是这样一种拥有高度精练表现手段的文化。

从我的角度来说，电影导演黑泽明先生所遗留下来的工作，正应该由亲身习得了"教养"的人去完成。因为黑泽先生本人就是将能乐当作"教养"去学习的。也因此，其作品中那些影像所表现出来的感觉和我们所习之事其实非常相近。如果我们能够凭着这份"教养"，昂首挺胸，自信地将日本的文化和戏剧展示出来，那么这种"教养"就永远具备普遍性。

我在现代剧场中表演狂言的时候，会觉得"剧场狂言"非常具有前卫性。二十年之后再看"剧场狂言"，恐怕也不会觉得这种形式很过时吧。相比之下，过去的地下戏剧当年虽走在时代前沿，二十年过去后，它的表现形式却让人感觉非常陈旧老套。而狂言这种形式，不但在能乐堂表演不显陈旧，在现代剧场的舞台上表演也一样，总是令人耳目一新。

在国际化的进程中，我们常听到"日本人应该有日本人的样子"这句话。它当然没有右倾的意思。它指的是我们应该从最根本的角度，让日本传统文化这样一种我们习得的"教养"发挥它的能力，并促使我们拥有身为日本人的自信。

注 释

1　今文部科学省。(本书注释皆为译注。)
2　原文"カマエ",意为身姿架势,是狂言师在狂言表演中最基本的站姿。

狂言
サイボーグ
Nomura Mansai
のむら
まんさい

1 狂言与「身体」

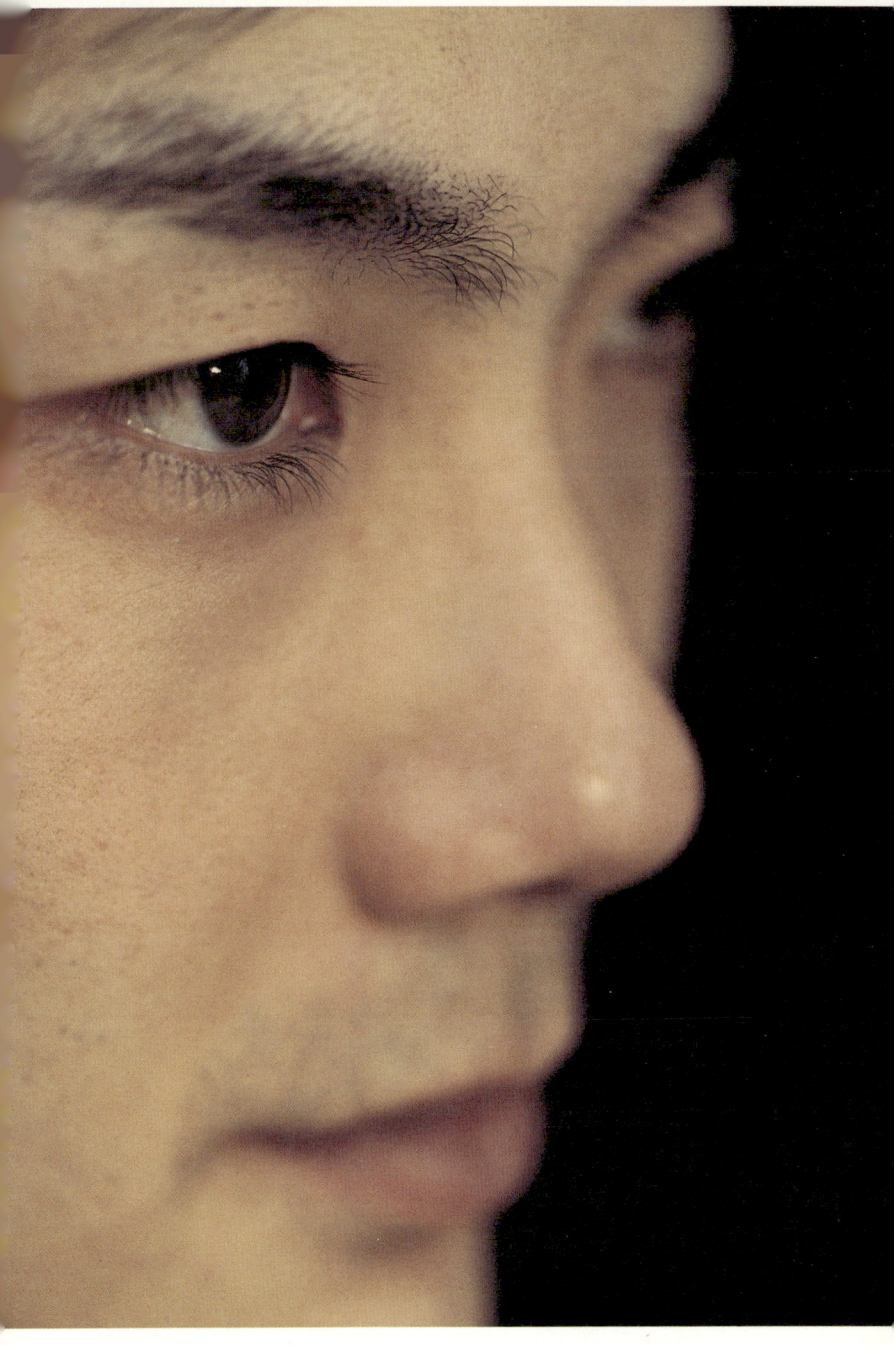

狂言与"脸"

有人称狂言是"徒手之艺"。

因为,狂言是在能舞台这样一种空的舞台上,仅凭声音和身体进行表演。能舞台上不存在大型的舞台装置、灯光和音响。演员也不化装,除神、鬼、动物、丑女、老人以外,不着面具,以素颜进行表演。

能・狂言的源头据说来自中国唐代的一种名为"散乐"的艺能形式。这种包含滑稽模仿、杂技曲艺、奇术魔法等在内的街头艺能传至日本,同寺院的祭祀典礼和祭神仪式发生联系,于是"散乐"的读音(sangaku)在讹传中逐渐成了"猿乐"(sarugaku)。

所谓表演,从根本上说就是模仿某一种人格。不过,虽说是对人格进行模仿,却并不能"克隆"这种人格,而是提取这一人格的部分特征,对其进行夸张处理。近些年在新年期间，电视上会固定播放《模仿歌会》这个节目，参与表演的模仿者们基本上是将"声带模仿"和"形态模仿"这二者相结合，并在此基础上进行夸张。

用胶带将鼻子朝上固定、让眼睛变成一道细缝、眼梢向上吊、在额头贴一块大大的黑痣，这些手段只能说是一些比较低端的技能，但是它们具备颠覆性，常让观众捧腹大笑，这其实是对夸张的一种滑稽化处理。

我想，散乐就是这样的一种表现形式，但它与电视上播放的模仿节目之间决定性的不同在于二者所模仿的对象。当今时代，电视这种媒体已经十分发达，只要是位名人，人人都会认识他。所以只要夸张滑稽地模仿这位名人，便会赢得笑声。然而，在能·狂言趋于成熟的室町时代是没有电视的。当时的所谓名人——也就是"将军"大人——的脸，可不像现在的国家元首这样众所周知。

狂言的演出，是从一位登场人物自我介绍"吾乃居住于此附近之人"开始的。也就是说，登场人物并非某个特定的"名人"，他或是一名普通人，或是能够代表观众的一个人，抑或是代表观众内在的某种人格的人。这个人一开场便宣布要模仿自己所"代表"的种种了。

能取材自文学作品，主要的模仿对象是文学作品中的一些名人，如：光源氏、六条御息所、平家诸公卿、小野小町、在原业平[1]等等。如此一来，一卵双生的能与狂言，两者的性格便逐渐演变成一方为表、一方为里。我认为，狂言更接近其本源的形态，它继承了散乐的滑稽模仿，成为运用语言和动作进行表演的一种喜剧形式；能则在形式性上逐渐强化，以文言体内容的"歌伴舞"形式进行假面剧形式的悲剧表演。

狂言在表现普通的女性时不戴面具，以素颜示人。只不过在表演的时候会将一种名为"美男发"的漂白布片缠在头上，将男性的下颌和面颊的骨骼遮挡起来就变成了女性。狂言里也从没出现过什么有名的美人，只有一些"住在附近的女性"而已，所以做到这个程度也就足够了。但要是年老的能演员不戴面具就表演小野小町的话，就有点……

狂言中有一出剧目名为《业平饼》，其中比较罕见地出现了在原业平这样的人物。在能中，自然需要戴着面具来演绎业平这样一位绝世美男；在狂言中，则是以狂言师本来的面目进行表演。而且在狂言的这出《业平饼》中，越是同业平大人的气质相去甚远者，在表演的时候越是能突显狂言的滑稽讽刺，显得尤为生动。因为狂言既是"徒手之艺"，也是"本真耿直的艺术"。

注 释

1 在原业平（825—880），平安前期的歌人，其和歌风格热情洋溢。与美女小野小町相对，作为美男子的代表活跃于后世的戏剧和文艺作品中。

狂言与"颈、肩"

我脖子很长,并且还是个溜肩膀。这种体态非常像"鹤",还会让人联想到勃艮第红酒的酒瓶子。

所谓"坐高",本是指人在坐着的状态下腰部以上的高度,但一般都被直接理解成躯干的长度。

相对于我的身高来说,我的坐高是在平均范围以内的,但我总觉得自己的身体和他人的不同,有些不太平衡。我躯干的长度和脖子以上的长度很不和谐,估计快到三比二的程度了。

常有人说,脖子比较长又溜肩膀的人很适合穿和服。我就常被人这样讲。但这种说法其实是女性穿和服时的一种常识,它并不适用于男性着能·狂言装束时的情况。

在狂言中,主人小名身着长裃[1],作为其仆人的太郎冠者[2]则身穿肩衣[3]。这些服装皆是素袄[4]、挂素袄的简略形态，或许就是这种将袖长缩短、口袋省去，以服装的功能性优先的做法，导致其从形态上更突显了肩部的棱角。

在能的装束中，狩衣、法被、水衣这一类装束的衣袖、口袋都十分宽大，而在饰演一些动作较大、性格刚烈的角色时，为了配合动作，表演者会将袖子折挽到肩膀上，使肩部的形态更为突出。虽是在模仿身着甲胄——也就是护具——时的姿态，但倘若是溜肩膀的话，反而会显得过于夸张。不过，头上再戴顶巨大的红白或黑色长假发，倒是又找回了平衡……

在电视上播放的时代剧[5]中，大家熟知的远山阿金[6]以奉行之姿态出现时，身上穿的是裃，翘起的肩部不但具备形式美，同时还是一种权威的象征。但是当他展示自己的樱吹雪文身时，却显露出了本来的圆润肩头。这种做法不只是在人物造型上加以变化，同时也富有现实气息，能够十分明确地让观众感受到他是一个活生生的人。

我们这些从事能·狂言艺术的人，因为忌讳生动的也就是日常性的表演，同时又厌恶将原本的形体展现在观众面前，因此，我们用装束武装身体。能的表演甚至到了要用假面遮挡脸部的地步。也就是说，绝不可以将头部和手以外的身体暴露出来，这正可谓是一种"无机的现实主义"了。

另一方面，能在有史以来这六百年间始终只有男性能够表演，这并非出于对女性的蔑视，而是因为能的表演需要仰仗男性肉体强大的形态。虽然这种强大无法直接地展现出来，但是观众能够感受到被包裹在厚重装束之下的肉体是训练过的和洗练的。在这一点上，能也和穿着紧身衣裤展现西洋雕刻般肉体的芭蕾等艺术形式产生了强烈的对比。

当我在饰演女性角色时，我溜肩膀的特征就可以不加修饰地被直接利用起来。而因为男性角色多会使肩部摆出上挑的姿态，这时我的长脖子又派上了用场，因为脖子不会被高高翘起的服饰挡住。

不过，这样的脖子会给观众带来怎样的印象呢？我想，它其实就是从腰部笔直延伸向上的一条线。演员的形体虽被装束修饰出了凹凸错落感，但仿佛被高高吊起的那种紧张感反而在和演员自身的重力抗衡，这也成为演员所诠释角色的"重量"与"存在"。而这种"平衡感"方是我们这个世界的现实与理想。然而，在真实的日常世界中，人的头部无法稳定，脖颈动不动就向前倾斜，这样"不平衡"的事情是很多见的。

注 释

1 长袴，长款上下身礼服。江户时代大名、高家、有资格直接参见将军的武家的礼服。
2 太郎冠者，狂言人物之一。大名等主人手下的仆人中的第一人，狂言中最具代表性的人物。
3 肩衣，室町末期至江户时代武士穿的礼服。无袖，只遮盖肩部与背部。
4 素袄，由染有大型家徽的礼服演变而来的服装。
5 时代剧，故事内容取材自明治时代以前历史的影视剧。
6 远山阿金，江户时代的行政官员远山金四郎（景元），时代剧《远山阿金》的主人公。

狂言与"喉结"

我颈部生得较长,并且喉结突出。我自己觉得这样子会让人联想到长号。因为,根据发声时音高的不同,喉结会改变位置。这种改变十分显而易见:发高音时,喉结会向着下巴的方向上升;发低音时,喉结则会下移。不,应该这样解释:想要发出高音时,会将喉结上提,令声带紧张;想要发出低音时,则会将喉结下滑,令声带放松。

我从三岁开始登台表演狂言,幼时我的音色较脆,发出的是类似金属声的高音。我的这种声音在舞台上显得格外有穿透力,又很稚嫩,就连发出的笑声也显得格外突出。当时在学校偶尔还会招来厌恶,可能是因为他们以为我发出这种穿透力过强的笑声是在嘲笑别人吧。

在舞台上声音清脆虽然也不错,然而在日常生活中偶尔会因此遭受疏远,所以不知从何时起,我开始憧憬那种低沉稳重的音色了。

我的变声期很长。从十岁开始,清脆的嗓音变得喑哑,很难控制。因此,师父野村万作甚至担心过我是不是五音不全。

在家中我上有两个姐姐,下有一个妹妹。虽然看上去,这种以女性为主体的家庭在狂言这样以男性为主的世界里会有不少难处,但她们都是支持我的女神。

我的变声期刚开始的那段时间,正值大我四五岁的姐姐们情窦初开的年纪。她们的男朋友有时会打电话到家里来。作为兄弟姊妹中唯一的男丁,我可能多多少少有些嫉妒,所以会在接电话的时候努力模仿父亲那种低沉、沙哑、粗重的声音去吓唬那些男孩子。听姐姐们说,电话换她们听时男朋友会问:"刚刚接电话的是你爸爸吧?"当时我心里就觉得:"哼,要你们好看。"

我读高中那段时间流行重金属音乐。相应地,电吉他和有金属声线的主唱也变得很受欢迎。当时我会在文化祭组乐队进行表演,一边咆哮一边弹吉他。

在狂言的修习中,每个重要的节点都会准备一首大曲[1]。初次登台表演这种大曲则被称为披露[2]演出。像

《三番叟》《奈须与市语》《钓狐》《花子》等曲目就属于大曲。

一般在修习狂言的家系中，小孩会在十七八岁时进行《奈须与市语》的披露演出。而我却到了二十岁才表演此曲。一部分原因就在于，我直到二十岁声音方才定型，所以推迟了表演此曲的时间，也可以说，正是"披露"了此曲，我的声音方才正式定型了。无论怎样，我最终能够在《奈须与市语》中控制好自己的声音，也因为表演了这出曲目，方能以一名狂言师的身份进一步向前迈进。

经常有人说我平时的声音很低，是那种粗重的男声，和我的长相并不符合。这或许是我当年威胁姐姐们的男朋友所达到的效果？不过，和音域较宽的父亲同声吟唱，也是我们父子同台表演时的一大看点。现在包含假声在内，我音域可跨四个八度半，这或许是我当年玩重金属音乐嘶吼出来的效果吧？

且不管这些玩笑话，我其实在两年多之前戒了烟，每日也坚持漱口。只有全心全意"供奉"好喉结[3]，给予其充足的滋润保养，方能长期拥有好的嗓音吧。

注 释

1 大曲,指规模较大、难度较高的曲目。
2 原文"披く"。
3 作者在此处之所以如此用词,是因为"喉结"的日文汉字写作"喉仏",而这是由于喉结的形状和坐禅的佛陀十分相似。

狂言与"发"

狂言和能有着六百年的传统,但这并不意味着在六百年间它们完全没有改变过。

当然,我们继承了来自先祖的"型",代代相传,在这方面的传承可以说十分忠实。而且这种"型"是经过了彻底训练的,它先于意识在身体里植入了"传统"这套程序。最终的成果从某种意义上说,其实就是"狂言机器人"或"能乐机器人"。不过,这样的狂言师、能乐师虽不会很差,但可能也不会很有趣。

能的舞台是一种空的舞台,也就是说,在这样的舞台上是不能表现日常动作的。如果那样做了,大概就会被批判为用"身体的本来面貌"去进行"无修饰的表演"。在发声时,我们使用的是通过膈肌进行的一种腹式呼吸法。一些声音还未定型的年轻演员不小心发出本来的声音，就会被前辈怒斥："别发出那种像在后台吃饭一样随便的声音！"一切都需按"型"达到程式化，并成为某种无机的存在；身体、声音都要达到符号化的程度，因为对于能舞台的呈现来说，这些是十分必要的。

虽然我把这套"全副武装"的理论讲得很深奥，但事实上，在我们的身上正存在着和传统样式已经完全脱节的东西，那就是"头发"。

狂言师不化舞台装，除了扮演神、鬼、动物、丑女、老人以外也不戴面具，以素颜示人。在往昔的室町时代是将头发束起，在战国时代则是梳成月代[1]头。然而，明治维新过后，人们都将发髻剪掉，梳成了短发。虽然相扑这种运动为了保留传统还留着发髻，但能乐师们却陷入了前路迷茫的境地，因为在明治大正时代，能乐师被剥夺了从大名那里领取俸禄的权利，生活拮据而不得不找些兼职工作。听说，我的曾祖父初代万斋当时也离开加贺前田藩的狂言家族上京，在国有铁路部门工作过一段时间。在那个时代是不可能还保留发髻的了。

自那时起，能乐师们便都不再留发髻，因为头发没有连着神经，所以就让它保留着和传统样式无缘的日常模样了。毕竟谁也做不到去训练头发。也正因为此，能乐师的发型变化也反映了时代的变迁。在比较流行装扮"不良少年"的年代,能舞台上也曾出现过小卷发和"飞机头"。一般情况下,只要不是负面意义上的抢眼发型都是可以的。不过,遮挡衣领有违和服的美学观念,所以不适合留长发。至今也还未见过染了茶色头发的能乐师。

我有一段时间曾非常憧憬长发,但是在日本需要持续表演狂言,所以很难将头发留长。不过我得到了去英国留学一年的机会,于是终于挑战了心心念念的长发。一年的时间里,我将头发留到了肩部,长度足够在脑后束起来。但回国后第二天我就把头发剪了。要是我解释说这是为了梳成丁髻[2],或许就不会有人说什么了吧?我一边在脑子里想着这些强词夺理的解释,一边惋惜地望着自己的头发像流水素面[3]一样簌簌掉落,仿佛自己逝去的青春。

我在出演 NHK 电视台的晨间连续剧《安久利》中的荣助一角时,一直小心不让自己头发的长度在不同剧情之间出现穿帮。在狂言的演出中,每一日所演的角色不同,所以头发的长度也是顺其自然的。但是在电视剧中,剧情的时间线和拍摄的时间线并非同步,所以就需多加小心。越是电视这种对样式和身体程式没有必然要求的媒体，越需要符合其"型"的"头发"。

注 释

1 月代，室町后期开始，成人男子将前额至头顶部区域的头发剃掉，露出半月形头皮的一种发型。
2 丁髷，江户时代男子的发型之一。前额头发剃去大片，剩下的头发梳到脑后部绾成发髻。今相扑力士仍保留这种发型。
3 流水素面，日本的一种饮食风俗。在夏季，为了追求清凉感，人们将面放在有流水的竹筒中，使面顺水而下，用筷子捞取食用。

能·狂言与"胸、腹"

职业的特征或多或少会体现在人的体形上。狂言师、能乐师很少有上半身,尤其是胸肌、腹肌十分发达的。因为我们的世界讲究足蹭地行走,强调腰部以下的稳定感、重量感,所以下半身肌肉发达的人更多一些。

之所以胸部的肌肉没那么发达,单纯是因为使用得并非特别频繁。虽然有时在表演中会有手执扇子这一类动作,手部本身的动作也不少,但基本只需转动或弯曲上半身就够了。手部的动作一般也只起指明、示意的作用,是纤细的、装饰性的存在。能·狂言的表演对上半身的力量要求,并没到芭蕾或花样滑冰那种需要将女性举起的程度。

在能·狂言的世界中,有时需要戴上面具表演。所以当我们学习"表现正在观看某物"时,师父会说要

"用胸部去看"。因为即便我们用眼睛看,坐在远处的观众也感受不到演员究竟在看什么。所以在表现"正在观看一个较小的事物"时需转动脖子,让整个脸部正对着要观看的物体。当需要观看的物体是一个具有世界观的东西,比如满树灿烂的樱花时,就需用胸部去看,也就是用全身心去感受对方所拥有的那个世界的能量。况且,这个观看的对象本来就极少能真正在舞台上具象化,所以还得让观众们对所看之物进行想象……

在摆出"立姿"时,我们需要挺起胸膛,绝不可松懈力道。在层层衣襟的覆盖之下,我们的身体须始终保持紧张。

在发声时,"胸"起着重要作用。发自腹部的声音经过胸腔得以增加共鸣的强度,提高音量,响彻演出空间。

在西方的舞蹈中,腹肌是十分重要的,甚至有人称腹肌是属于"舞蹈的肌肉"。这大概是因为将骨盆上提是舞蹈中的基本"立姿"吧。而我们的传统"立姿"则是骨盆向下沉的,所以相较之下,后背的肌肉更为重要。

在这种情况下,即便腹部突出也无碍。相反,当相扑选手身着比赛服装时,腹部隆起才能让腰带缠绕得更为稳固。其实相扑选手所穿的兜裆布、腰带、裙裤等都是固定在肚脐下面，而非腰部。而倘若腹部不能足够隆起，腰带便会变得松垮，上蹿到腰的部位。这样一来就显得整个人块头变小，服装无法扎紧，腰带便自然会变松垮。在七五三节[1]或是成人仪式上，有很多身形纤细的男性的腰带看上去都松松垮垮的也是这个原因。"各位年轻朋友，穿着和服裙裤扎腰带的时候，最好在怀里塞点东西吧。"我在登台演出的时候，一般也会在怀中垫上两个叫作"胸垫"的小垫子。不过人到中年时大抵就自带"胸垫"了。说起来，在我所从事的狂言这一领域，年龄超过四十岁的人就都不再使用"胸垫"了。

在发声时，"腹部"同样起着重要作用。我们使用的是腹式呼吸法，配合膈肌的上下移动，腹部会在我们换气、发声之时突出或收回。不过，只要将腹部稳置于腰带之上，那么不论腹部如何运动，我们都能发出"稳定的丹田之声"。

注　释

1　七五三节，日本的传统活动之一，指每年 11 月 15 日，有三岁儿童、五岁男童、七岁女童的家庭会带着孩子去神社祈福。

狂言与"胡须"

随着近些年世间对男女权利平等的追求,男女之间,尤其是年轻男女之间,在性别上的差异感正日渐淡化。"像个男人一样""像个女人一样",或者"身为男人就应该这样做""身为女人就应该那样做"等话,如今已很少听到了。

人们不再为政治或思想方面的原因而蓄发。留长发是为了显得"帅气"或"可爱"。我们这一代的男性最多是将头发束在脑后或扎个头巾,如今的男孩子甚至会戴发箍。女孩子的审美也是一样,不单追求"漂亮""可爱",还追求那种利落潇洒的"帅气"感觉。这样看来,男女之间在外貌层面上已经没有什么差别了吧。

但是,"胡须"是专属于男性的东西。

"胡须"[1]这个词,汉字写作"髭""髯""鬚";在英语中，写作"moustache""beard"等。二者的相同之处在于，都是按照长出胡须的部位进行区分的。在能·狂言的面具中，只要是青年以上岁数的男人都会有胡须，不过能乐师、狂言师本人却基本不会留胡须。

狂言基本以"直面"演出，也就是说不戴面具。甚至出演女性角色有时也以素颜示人。能的仕手方（担任主要角色或伴唱人[2]的演员们）在扮演女性角色的时候是必须戴面具的，所以不会产生什么问题。不过，能中也有"仕舞"[3]这一部分，需要身着带有家徽纹样的和服，不着面具地舞蹈。因为能原本就不是一种直接的、现实主义的艺术，所以只要以较为抽象的手法塑造角色即可。倘若如此，那么角色塑造和有无"胡须"就没什么关系了。

狂言中有"大胡子"男人这样一种角色。从面颊长长垂下的胡子类似京剧中使用的髯口。不过，这一角色使用的胡子就是沿着嘴巴开了口子而已，形式上并没有京剧中使用的髯口那般严谨。《髭栌》《舟渡婿》等剧中都有此类角色出现。一个男人对自己的大胡子十分自负，但是他的妻子却觉得他的胡子"又脏又乱"。两人争论到最后，胡子被一把剃掉或拔掉，这表示男人的那种虚张

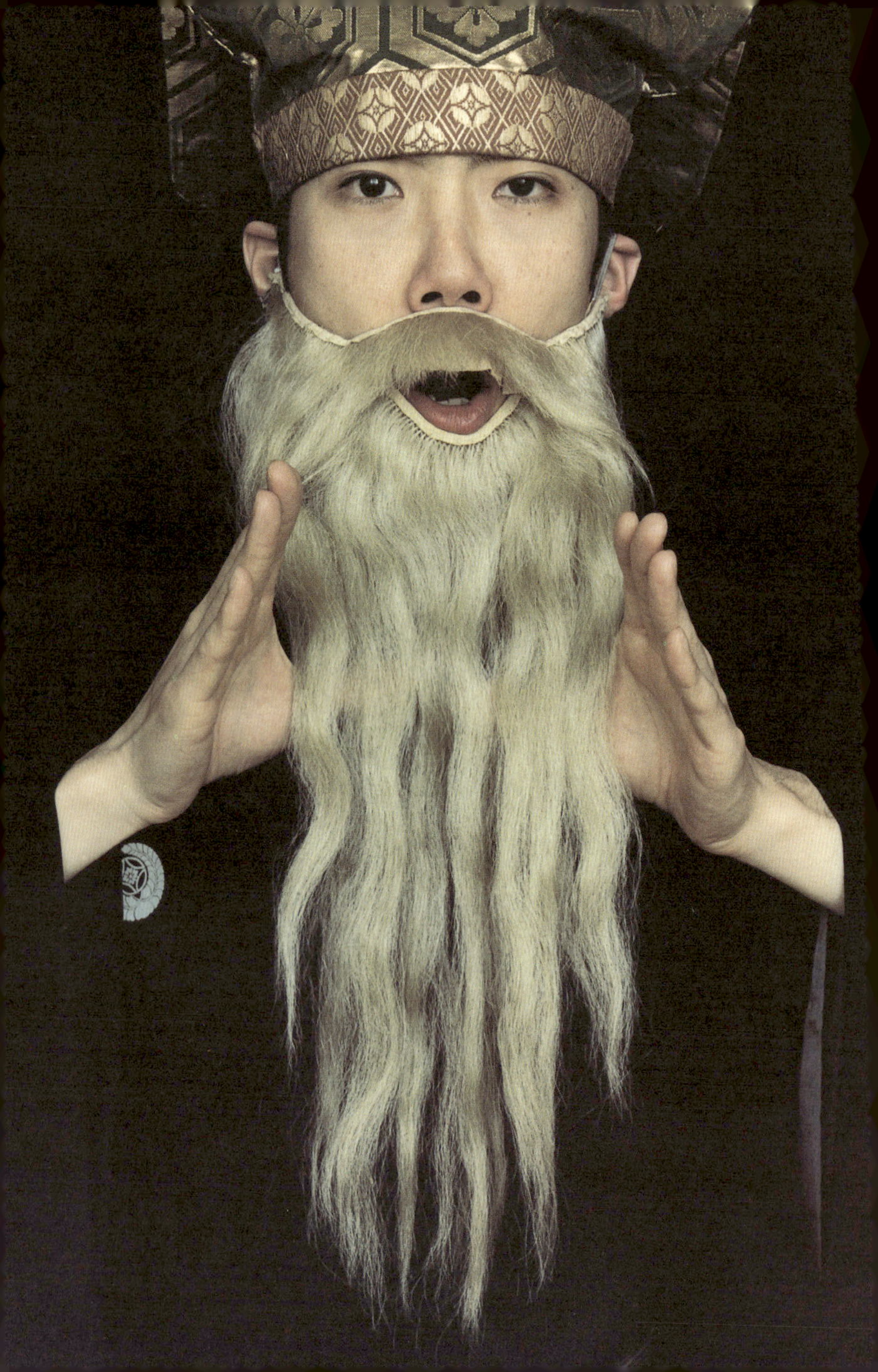

声势在剧终走向了崩塌。

狂言所使用的"胡须"是用绳子系起来的,或是挂在耳朵上的。而在影像世界中,"胡须"则是用胶水粘在脸上的。我在NHK的大河剧[4]《花之乱》中出演细川胜元时,嘴周围和下颌都需粘贴胡须。在出演晨间连续剧《安久利》中的望月荣助一角时,嘴上也粘了胡子,同时还粘了一些凌乱的胡楂。

从面颊以下的部位开始涂抹胶水,然后撒上细碎的毛发。拍摄严肃认真的场面时倒还好,但在拍摄的间隙交谈时,只要一笑,嘴上粘的胡子马上就会脱落。所以绝不能扬起上唇笑。

在英国留学那一年,我原本是打算头发胡子一起留长的。头发虽花了一整年时间留长了,但是留胡子的事情却放弃了。一方面,留胡子没办法像留头发一样可以放任不管,而且留胡子会引得皮肤起一些小疹子,所以只好作罢。

据说保养胡子就"和保养女性的肌肤一样",不知道女性们是否能够体会留胡子的辛苦之处呢?

注　释

1　"胡须"原文为"ヒゲ"（hige），对应了三种日文汉字写法。
2　原文"地謠"，指能或狂言中，由主、配角等登场演员以外的演员齐唱的歌谣，亦指合唱的演员。
3　仕舞，指能演出中，主角一人穿着礼服、裙裤在伴唱声中独舞。
4　大河剧，指大型长篇电视剧。

狂言与"背"

能舞台基本上是伸出式舞台,它和普通剧场使用的镜框式舞台有很多不同之处。"三间四方"的本舞台[1]下摆放着瓮罐,能增强踏足时的声音效果,各个角落立有柱子支撑着房顶——在这座被称为能乐堂的室内剧场中还有一个房顶,就建在能舞台上。

从观众的方向看去,舞台左侧,也就是下场口方向,设有一个长长的走廊,称为"桥悬"。"桥悬"十分重要,它主要供演员在登场和退场时使用,可以在距离上为表演者做出提示。之所以要在能舞台上设立柱子,而非效仿相扑场地将柱子改为高处垂下的"挂穗",是因为柱子是一种十分重要的标记,用来提醒头戴面具的能乐演员其所处的位置。

能舞台上是很"空"的。舞台后部的镜板上绘有老松,"桥悬"处设有栏杆,在其前方设有三棵幼松。除此之外,别无其他。在舞台上,只存在表演者的"声音"与"身体"。

因为舞台的部分是伸出式的,所以观众的视线会从四面八方投向表演者;倘若是镜框式舞台,那么视线只会来自观众席方向,也就是说,只会来自舞台正面。但是能舞台还有侧正面,也就是说,观众可以从侧面甚至后方观赏表演。其中最可怕的,就是担任"后见"[2]之职的师父从身后监视自己的视线了。

对于演员来说,在极少依赖舞台设置和道具的裸舞台上接受视线,是一件十分严酷的事。他们必须做到挺起胸膛、伸直脊背、稳定腰部、立肘、微曲膝盖、收下颌、直视前方。这些动作需要在确保腰部以下稳定感的基础上,令连接着脊髓、延髓、头部的后背达成一种紧张感与力量的平衡,换句话说,只有接受过训练的"立姿"才能承担起如上所要求的表演状态。

过去,我曾深受安东尼奥·加德斯[3]、米哈伊尔·巴雷什尼科夫[4]的震撼。当然,那种感情并非恐惧。他们的背部所放射出的光芒直接震撼了我的后背及中枢神经。这种震撼并不是通过一个又一个具体的技巧得以展现的。

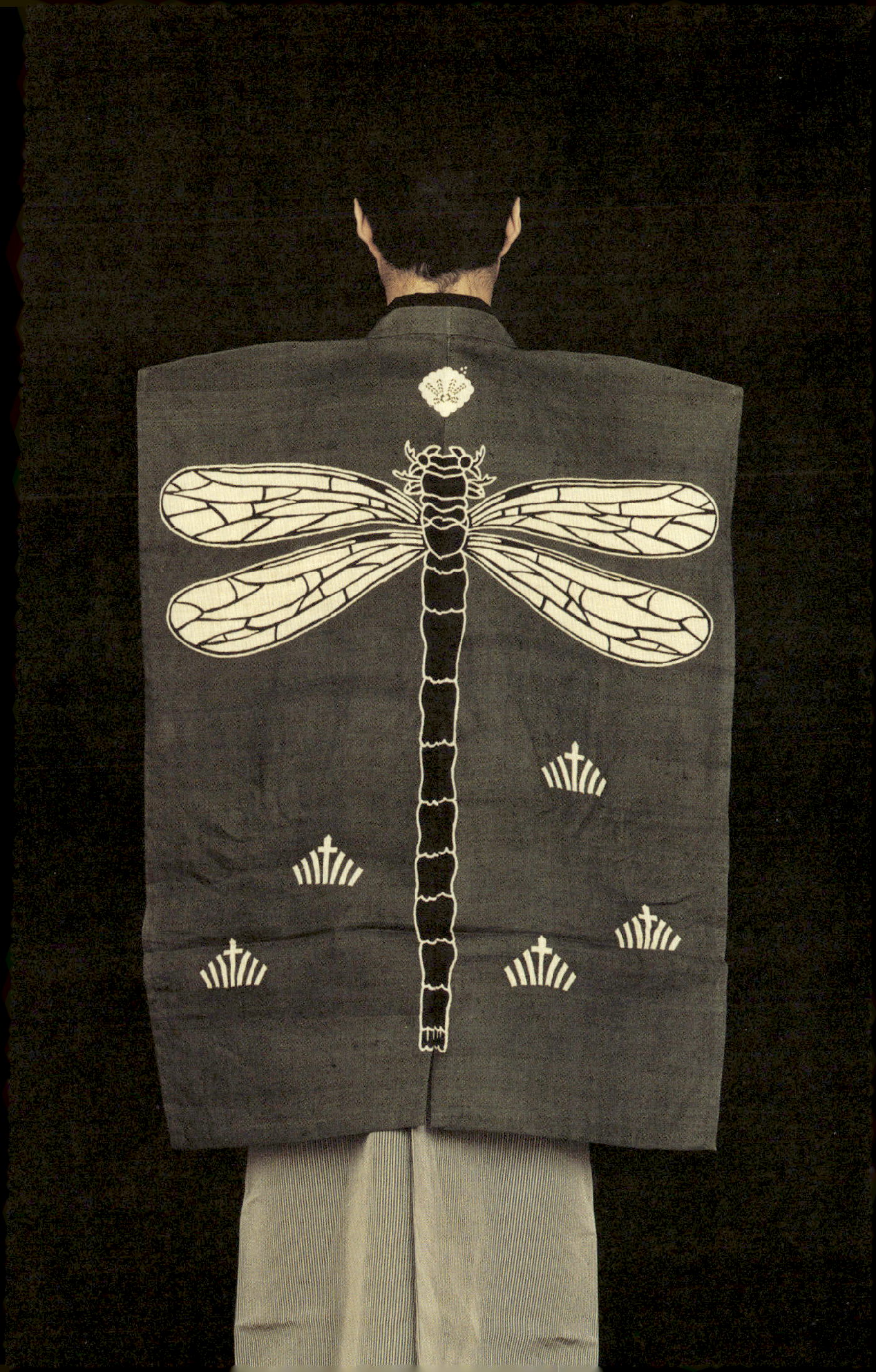

光是登场，他们的"立姿"就令我的后背宛如抖动的昆虫触角般发颤。那种感觉，和看到一尊完美无瑕的佛像背后四射的光芒时如出一辙。

从表演能乐的前辈们那里，同样能够感受到自腰部向上升腾的那种光芒。我幼时曾拜赏过当时还健在的观世寿夫先生的表演，他曾被誉为"世阿弥转世"。可惜的是，留在我记忆中的只剩下我记事之后观赏的《俊宽》录像了。但是，其中的声与谣融为一体，给我留下了极为强烈的印象。寿夫先生背后的光芒将他的身姿衬托得十分立体，好似"立体绘本"，但那种立体感又超越了"立体绘本"，上升到了"立体影像"的高度。

在狂言曲目《钓狐》中，我作为师父万作的对手角色出场过，此外，也曾担任过后见一职。仕手在讲述"杀生石"的故事时会坐在葛桶[5]上，我需要扶住它，也得以直接看到仕手后背那种"光芒四射"的样子。

我就是这样望着前人们的"后背"长大的。因此，背后散发着光芒，只是亮相在舞台上就可以令观众感到震颤的那种"后背"、那种"立姿"、那种身体以及声音的存在感，都令我格外向往。我的一位朋友这样对我说：即便是在早高峰，并且人人都穿着一样的衣服走在街上，我也能马上找到你。他最为赞赏的，就是我的"立姿"。

注　释

1　能舞台的本舞台是一个边长约5.4米的正方形。1间≈1.8米。
2　后见，能、舞蹈、歌舞伎等艺能的舞台上，负责在表演者身后守护、提供帮助的人。
3　安东尼奥·加德斯（Antonio Gades，1936—2004），西班牙弗拉门戈舞者、编舞家。
4　米哈伊尔·巴雷什尼科夫（Mikhail Baryshnikov，1948—　），苏联出生的美籍芭蕾舞者、编舞家、演员。
5　葛桶（发桶），能乐、狂言等古典戏剧中使用的折凳、凳子等，是涂有黑漆的圆筒形有盖桶。狂言中将桶盖用作酒杯。

狂言与"腰"

日本有着"沉腰"的文化。狂言的"立姿"中也会使用这样的词语。

自1994年9月至翌年8月,我依日本文化厅艺术家在外研修制度,赴英国伦敦留学一年。这次留学的目的虽是以莎士比亚为中心进行戏剧研究,但只一味学习是无法做到"有来有往"的。于是,为了感谢那些对我照顾有加的戏剧人,我也教他们学习了狂言。

我为教学活动取名"狂言工作坊",请大家体验狂言独特的表演方法。但是想要体验这些,就无法避开狂言的"立姿"。日语里是可以表达"首先微屈膝盖,其次沉稳住腰部"的,但用英文翻译这个"沉腰"的意思却很难。所谓的"沉腰"指的究竟是什么呢?

我在读大学期间曾参加过中国香港的舞蹈节。我以日本传统舞的舞者身份表演了《三番叟》这一曲目，并以此和诸多外国的年轻舞者进行了交流。一位来自中国香港的芭蕾舞者十分熟络地与我搭话，他说："你是腰部向下沉着站立的，而我们则是腰部上提站立的。"

日本人属于农耕民族，种田时有着固定的立姿：骨盆向下沉，并弯曲膝盖。这是一种令臀部肌肉放松的立姿，人们以顺应重力的趋势去种植禾苗，养成的意识也始终是"向下再向下"。如今在俱乐部里，绝对会有以"沉腰"的姿态跳舞的男男女女。至少在"迪斯科"风行的时代，这样跳舞的人不少。

或许是因为欧洲人属于狩猎民族，猎物在高处出现的情况较多见，也可能是因为他们习惯骑马，在马背上多会收紧臀部肌肉令骨盆上提，所以他们养成的意识也是"向上再向上"。因此，欧洲不论剧场、阳台抑或天花板，都是高层结构的建筑更为发达；而日本自古以来房屋结构就是平缓低矮的。以上是某舞蹈杂志的主编提出的观点。一个国家是否地震频发或许也是其中的因素之一，但有些人认为，之所以西洋舞蹈的舞者收紧臀部舞蹈是最好的，也是因为他们本身会在步行时下意识地收紧臀部吧。

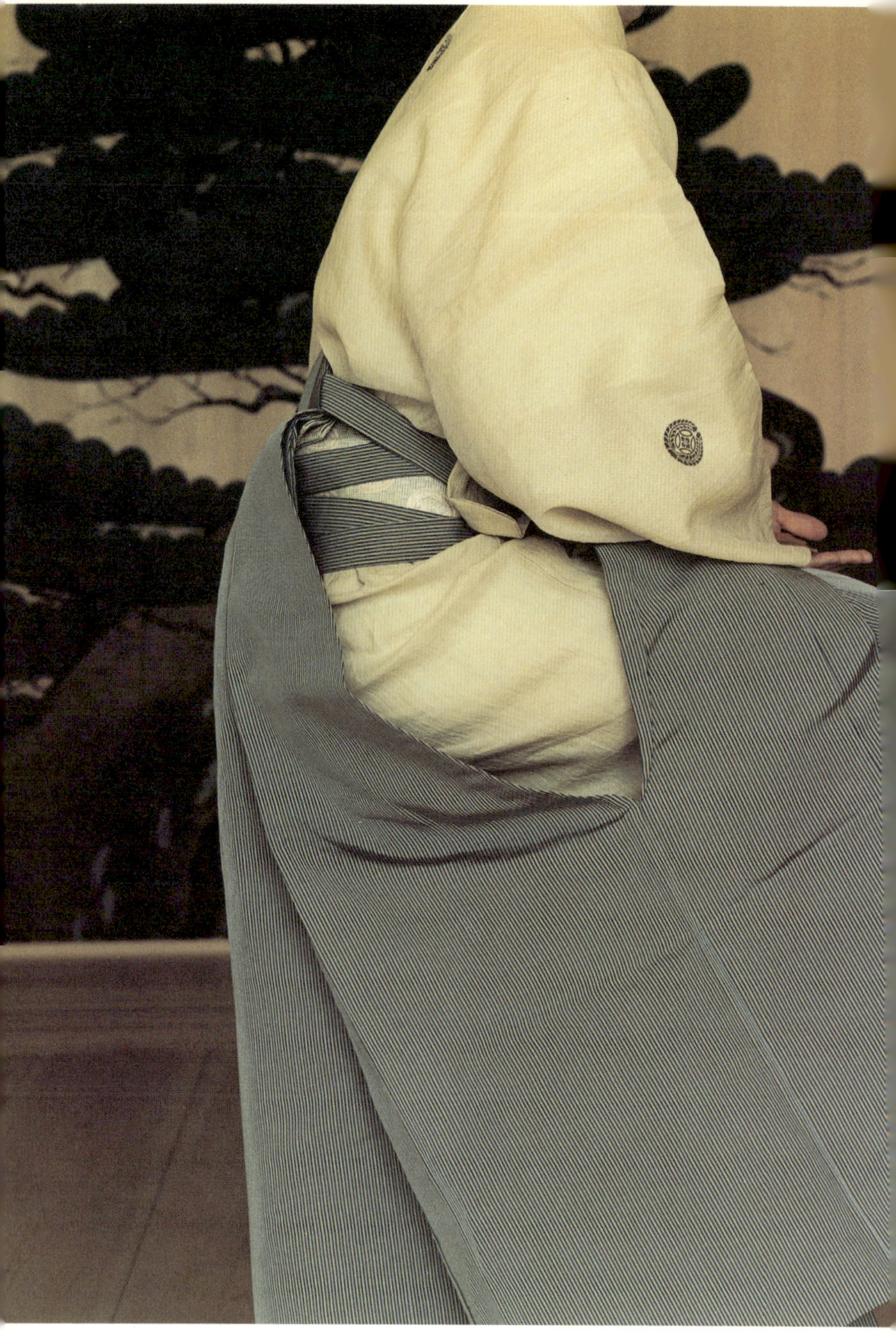

"跳跃"这个立姿,背后其实也隐藏着很多故事。芭蕾等舞蹈一般都是向上跳跃,但是能乐却是向下跳跃的。乍一听这种说法十分矛盾,但其实跳跃这个动作是分两个阶段的,一段是向目标高度跃起,一段则是降落。

如果是秉承"向上再向上"的舞蹈形式,舞者自然会高度重视"跃起",因为这一动作其实也是在接近坐在高处的观众,所以能够更有效地呈现演技。而能舞台的设置使得观众需自下而上仰视舞台,所以演员专注于"降落"的动作更能吸引观众。在空中瞬间静止,继而下降如"石崩于地",这正能够展现能·狂言艺术的妙处。

1990年,我于东京环球剧场主演了《哈姆雷特》。这是我首次演出西方剧目,并且是首次穿着鞋子进行表演。丹麦王子如果摆出"沉腰"的立姿,自然是没法看的。所以当我站在舞台上时,我需要将足尖呈九十度打开,收紧臀部的肌肉,将狂言惯用的"立姿"和"擦足"[1]改为芭蕾式站姿和模特步。那以后,我还在电视剧中表演过系着红围巾开车。不过我平日里还是一如既往,在狂言的舞台上,"认真沉腰"[2]地表演。

注　释

1　原文"すり足"，蹭着地走，后脚跟着地，用脚底整体擦触地面行走。
2　"沉腰"原文为"腰を入れる"，直译为"令腰部保持稳定"，而日语中的"本腰を入れる"有"认真、专注做事"的意思，故此处可以认为是双关。

狂言与"手"

狂言和能惯用"擦足",所以以足和腰为中心使用下半身来表现的情况较多。这种表演并非单纯地表现"步行",而是要"运足",这样能够均衡演员在表演时所释放的能量。这种表演的根基就由人的下半身来承担,不过相应地,装饰性的部分则多由"手"来承担。

一个简简单单的"手"字,也可能会细化到指代从"手指"到"肩部"的一切部分。这中间分别有"手心""手背""手腕""手肘"和"手臂"。

在狂言最基本的开始动作,也就是"立姿"中,拇指要立起并覆住食指,剩下几个指头握在一起,手腕保持笔直,同肘部呈一条直线。肘要打开,令手部从腰部侧前方伸出,与肩部之间呈一个"く"字形状。

"立姿"作为程式的一种,其形式本身是十分重要的，但我认为，与其精确缜密地强调"立姿"的角度，不如从平衡感上去捕捉其中精髓。简单来说，只要观之"滴水不漏"即可。

我们在训练时讲究模仿师父。当然，"立姿"也是要复制师父的"立姿"。不过每个人的身体状况都不尽相同。也就是相对于躯干来说，有的人胳膊较长，有的人则较短，每个人上臂和前臂的比例也不相同。所以如果完全照搬师父的手肘所摆出的角度，很多人的手臂会显得不太协调。那么究竟要照搬师父的什么呢？我想这和站立状态相似，应该是一种手臂的平衡感。

最近在文化中心学习狂言的人数有所增长，以女性居多，我也多花了些时间教授"立姿"。有的人天资较高、感受力敏锐，也有的人并非如此。我在示范动作时观察到，有些人在捕捉"立姿"的平衡点，有些人在拼命地照搬我的手肘角度，而我则需要去纠正这种照搬的行为。

在现存的能·狂言装束中，有不少是可以称为"美术品"的、具备收藏价值的古董。尾张德川家、严岛神社以及细川永青文库各方，在能·狂言装束的传承、复制方面都贡献匪浅。

不过再怎么说，能·狂言的装束都属于消耗品。尤其是多使用麻料的狂言服装极容易损坏，旧的服装很难再使用。同时，服饰的尺寸也会随着时代而变化。我发现，一些从过去留传下来的名贵服装要是穿在现在的人身上，恐怕长度都不及手肘，会显得过于短小拘束。

在能乐这门艺术中，shiori[1]这种"型"十分重要。它其实就是表现哭泣时所使用的一种程式。时代以及表演者的喜好不同，对它的诠释也不尽相同。在以悲剧为主体的能中，shiori是一种最为重要的程式。

所谓的shiori，就是以手掩泪的一种姿势。而究竟是以指尖掩泪还是以手掌掩泪，呈现出来的模样会大不相同。有些学生直率地表示，看到shiori这个动作以为是在表现头痛。这是因为，如果过于强调指尖和手背，并将手放于额前的话，就会令人产生误会。反之，强调手掌，将手贴近眼睛，看上去就近似于在啜泣了。

运用好手部，便能够展现更为繁复的演技了。但在为观众们展现这些时，能否化表演于无形，令他们感受不到技巧的使用，这就要看一个演员的能力以及悟性了。

注　释

1　原文"シオリ"，对应日文汉字"撬""萎""霑"。

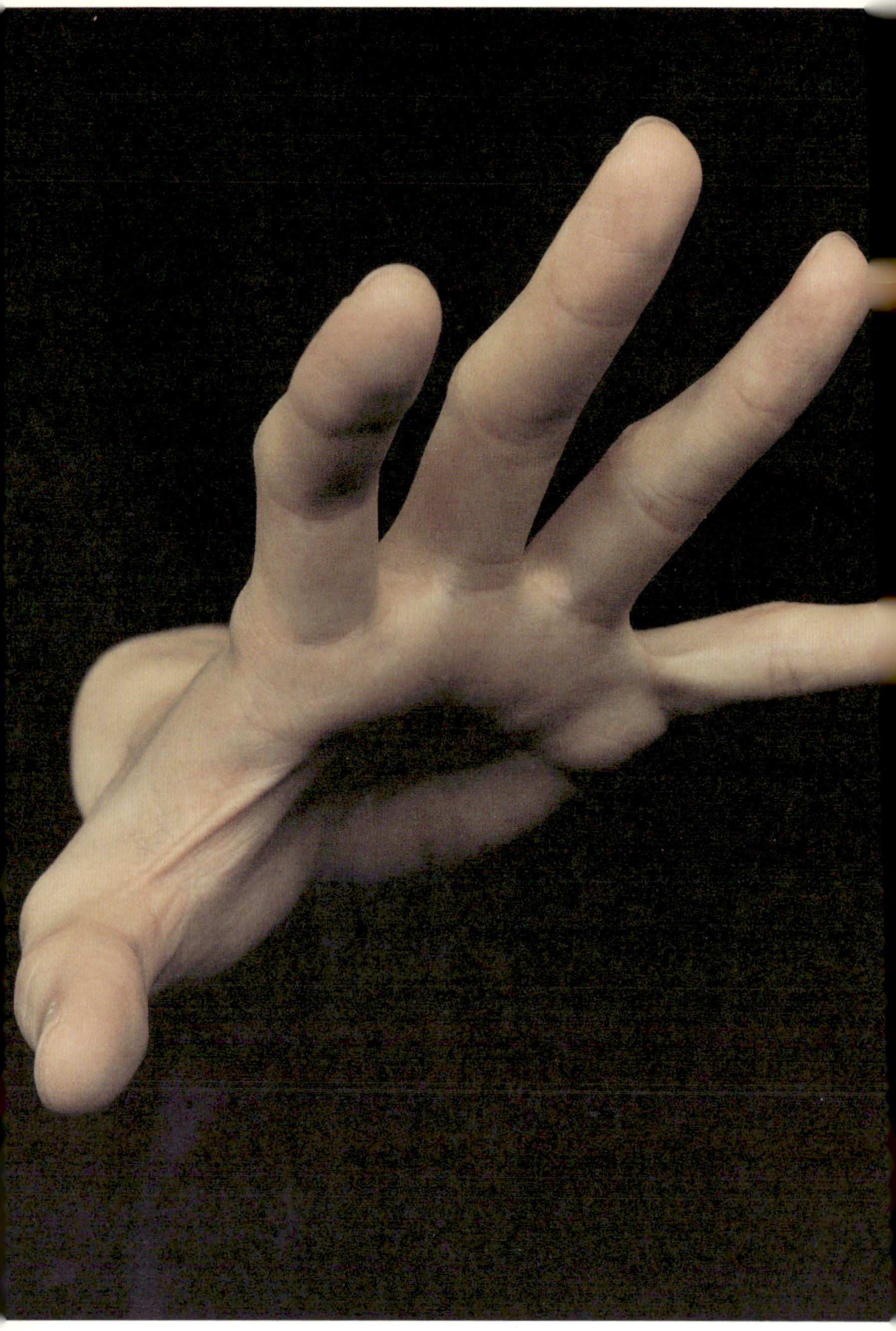

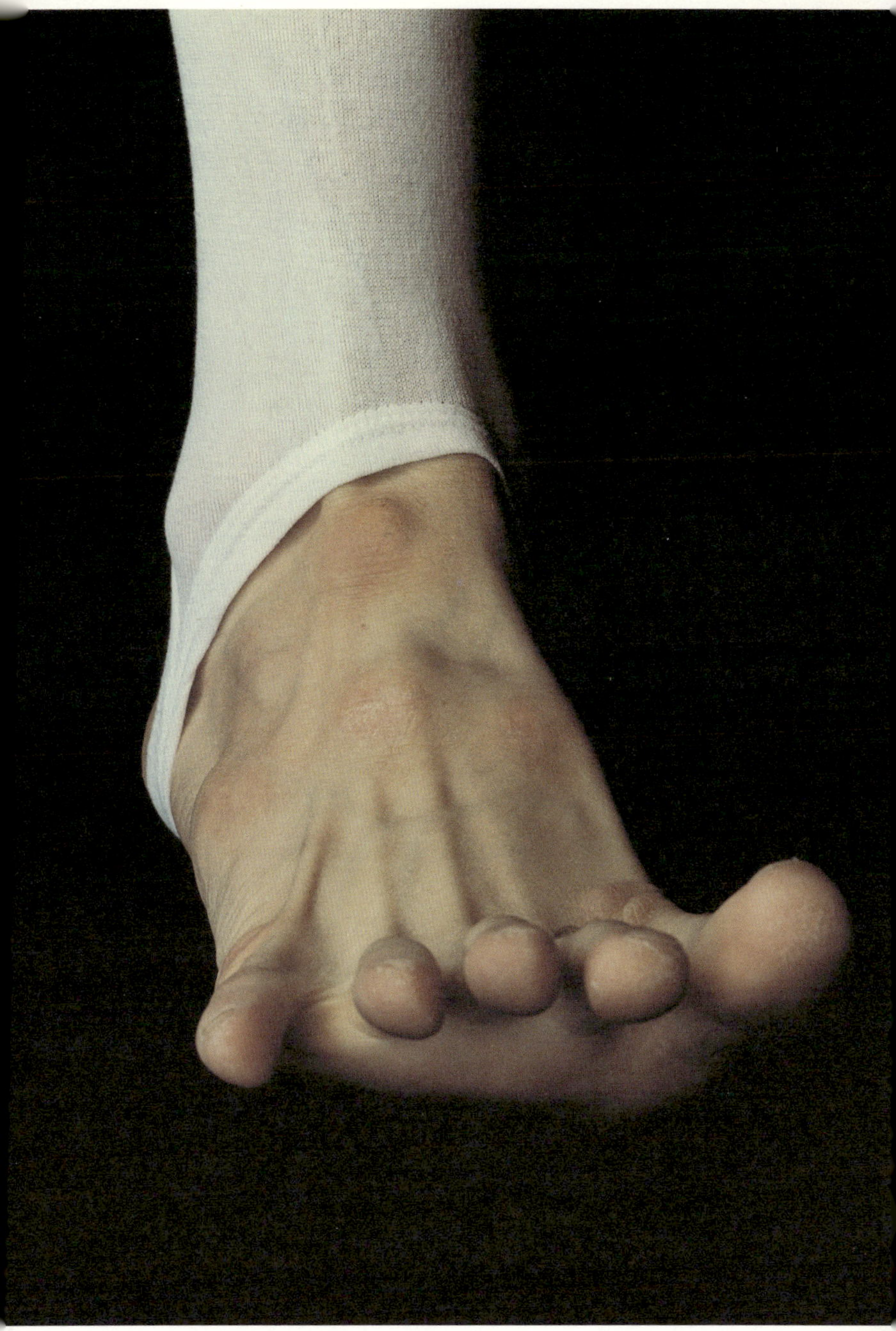

狂言与"足"

对于我等能乐师、狂言师来说,倘若提到"足部",那必然会谈及"擦足"这件事。可以说,"擦足"对于我们来说是一个非常重要的基本问题。

在能舞台这样一个空的舞台上,"立姿"的存在是必要的。因为完全无法依靠任何布景道具,所以演员必须令自身的肉体雕塑化、符号化。随之而来的便是步行的符号化,也就形成了所谓的"擦足"。其实比起"步行"这个概念,理解成雕塑在水平移动或许更合适。

倘若问一位能乐师,"你为何要擦足行走呢?"或许能够答上来的人并不多。因为这件事的存在实在太过所当然,所以很少有人思考过这个问题。

在观赏一出在能舞台上进行的表演时,其实最应当关注的是足部。因为能舞台的地面是对应观众视线的高度而建的。"擦足"能均衡演员表演的能量，创造出韵律。这种创造韵律的行为被称为"运足"。同时需要说明的是，表演者总是在俯视观众，而观众则始终在仰视表演者。这就是能·狂言中的观演关系。

倘若去看看西本愿寺的能舞台这一类旧时的能舞台，便会发现，贵族公卿的座席都被建造成和能舞台相同的高度，二者之间隔一个白州[1]。有时候这些贵族也会对一般民众施与些恩泽，开放白州，让他们身在其中观赏能·狂言的演出。也就是说，主办者可以从与舞台齐平的高度观赏演出，一般人则是从下向上仰视演员表演的。

或许是因为欧洲少发地震，高层建筑较为发达，所以在剧场内也是观众自上而下俯视演员表演的情况居多。而日本地震频发，建筑以平房为主，为了能让更多的人看到表演，才将舞台的高度抬高了吧。

能·狂言的前身猿乐，是传自中国的散乐。散乐进入日本后，又与日本本土的民俗及神佛祭祀等相结合，才产生了猿乐。猿乐的表演主体是模仿，时至今日，在能乐仪式曲目《翁·三番叟》中，演员仍要戴着神面，代表神灵祈祷天下安康、五谷丰登。也就是说，我等能·狂言演员的表演之根本，或许就是以头戴假面进行表演为前提的。

戴上能面则无法看到自己的双脚。所以演员对自己究竟站在哪里会始终不安。我常开玩笑说，"因为要用脚步一边探路一边行走，所以自然形成了'擦足'这样的步行动作"。但其实这句话有一半可是实话。我们的这种假面剧之所以能够成立，就是因为表演者能够得到下半身的绝对稳定感。

在观赏歌舞伎和日本舞中的"擦足"时，我发现它们展现出来的能量、韵律和我们能·狂言中的"运足"大不相同。它们看上去只是让足部擦过地板行走，和我们的"擦足"有着本质的区别。这或许是因为歌舞伎无须佩戴假面，而观众又是自上而下俯瞰舞台的吧。

说起来，我右脚的脚面上有三枚"正坐茧"。这些茧子是因"正坐"而来，这倒立的三个点支撑了我正坐时的身体。

一个插座上能够连接数条电源线，所以被称为"八爪鱼脚配线"。如今的我作为一介狂言师，也是在以"八爪鱼"的状态多方涉猎。希望我在活跃的同时，也能始终被自己脚上的"正坐茧"稳稳支撑着，紧贴实地吧。

注 释

1 白州,能舞台和观众席之间铺着白色沙石的区域。江户时代以前,能舞台是建在户外的,白州据说可以反射阳光起到舞台照明的效果。明治以后,室内的能乐堂成为主流,白州依然象征性地保留了下来。

狂言
サイボーグ
Nomura Mansai
のむら
まんさい

吾乃武司 编年史

1987–1994

吾乃武司 I

倘若目睹一位男子嘴里唱着"叽叽喳喳呀,叽叽喳喳"[1]突然出现在客厅的电视画面里,想必不熟悉狂言或我本人的观众会十分讶异,"这是怎么回事?这人在干吗?"随着时代、文化的日新月异,现如今投身于"古典"就仿佛逆行于时代洪流之中一般。然而反过来想想,为何我这样一个"新新人类"会投身于狂言这门艺术呢?其实,您大可怀揣这样的疑问前来观看我们的演出。总之,只要亲身体会,您便能打碎心中"狂言 = 化石"的偏见。传统是以一些普遍发生的事情为主题的,正因如此,它才能契合时代的更迭,不断传承,直到如今。我希望通过这次表演会,一边继承和学习狂言的一些常规内容、主题、道白、程式等等，一边以这种形式为载体，吸收并反映出来自诸位观众的当代气质。因此，我们这次才满怀激动之情，选择了能一近青山芳泽的铔仙会[2]作为这次表演的舞台。

那么，就请欣赏我们的表演，一探这"叽叽喳喳"的究竟吧。叽叽喳喳呀，叽叽喳喳……（摘自"狂言是也座"场刊，1987年12月16日）

吾乃武司 II

这一年春天，从4月11日至4月21日，我参加了前卫剧PARCO"能junction"之二《当麻》[3]这部作品的演出。该剧原作是折口信夫的《死者之书》，由渡边守章老师改编并导演，观世荣夫老师和后藤加代女士共同出演。和去年的作品《葵上》一样，舞台是贯穿了整个观众席的，所以十分考验演员血肉之躯的存在感。有时还要求演员一边撑着身体一边念台词，总之十分残酷，需要强迫身体去做一些非常极限的姿势。不过，这些其实在当初表演《葵上》时便是需要解决的第一个难题。此次的《当麻》和《葵上》相比，更强调去"读"折口的文章，也就是强调所谓的"白"[4]这部分要素。换句话讲，对于我来说，如何区别所饰演角色的科白与描述方式变幻莫测的解说语，又如何在讲述部分的表演中规避类似狂言中所使用的那种程式化的发音语调等问题，都是很难应对的。因为无法在表演的技术层面上转换并彻底消化这些问题，又在未消化的状态下就去同角色共情，演出首日我不论怎样都无法令自己的精神高昂起来，于是演出中的表现也没能令自己感到满意。但加代女士和荣夫老师在主舞台上引领着我，并且一遍遍地指导我反复练习、尝试，使得我日日皆有新的发现和进步。最终，我的表演总算能令我自己感到满意了。因为狂言是不会连续演出同一剧目的，所以对于我来说，这次演出是一次十分有趣的体验。但话说回来，其实本来应该在演出的第一天就做到完美的。

此外，在本次演出中，我作为一名狂言师要身穿能的服装，跳能的仕手方跳的"早舞"[5]。虽然基本动作近似，但是比起较为强劲又很朴素的狂言舞蹈，能的舞蹈更加优雅，而要令舞姿优雅其实是很难的。

总结来说，无论好坏，最终能够做到在超过两个小时的时间里勉强身体去挑战极限、完成台词，令表演最终得以成立，这件事毋庸置疑为将在10月份表演《钓狐》的我带来了极大的自信。此外，此次同后藤加代女士合作，从她那里学习到的诸多知识，也成为我的巨大财富。加代女士与我活跃于完全不同的领域，不论在技术层面还是能量的强度方面，她都是一位极为优秀的女演员。我也希望自己能将此次的收获活用于今后的艺能活动中。同时，我也衷心地感谢给予我这次参演机会的渡边老师、与我一同出演的诸位，以及此次演出的工作人员们。（1988年5月12日）

吾乃武司 III

刚刚过去的10月15日，我于国立能乐堂顺利"披露"了《钓狐》这一曲目。我想此时应该谈一谈这件事了。然而今年秋天忙得几乎脚不沾地，难能得些空闲。在全情投入地度过了一段时间后，我再度回味《钓狐》，却感到恍如一场大梦，毫无实感。不过，看似只是"披露"了一部作品，但我从中体会到要对自己的表演更进一步负起责任。我深知表演中绝不可掉链子，这令我倍感压力。不过我想，写下这篇文章对于自己来说是一个反省的好机会，总之，我想在文中写出此刻心中所想。

正如演出当日场刊上写的那样，大家应该并未期待我能将《钓狐》诠释得多么精妙高超、底蕴深厚吧。不如说，《钓狐》是我在二十二岁这一年应要求"披露"的曲目，我也没想过要绝对出色地完成它，而是希望能真诚直率地以当下的自己去展现《钓狐》这一大曲。我坚定地认为，这便是"披露"的意义。从这一角度来看，《钓狐》与《三番叟》《奈须与市语》其实十分相似：不论对于我自己，还是对于他人，此次的"披露"都很有意义。但不同的是，这一次的表演仅仅停留在"有意义"上是绝对无法令我满足的。之前表演那两部作品时，我的感受基本停留在"我做到了！"或者"还不错吧！"这种程度。但是完成《钓狐》后，我却怎么都无法感受到那种满足。这首曲目的确是过于特别了，我也切身体会到了它被称为大曲的缘由。师父明明对《三番叟》和《奈须与市语》十分拿手，却对《钓狐》有着特别的坚持，其中因由我也总算明白了。这首曲，我在以后的狂言生涯里恐怕也要挑战无数次吧。不过眼下我是决不愿意马上再演一遍的。我希望三年后或五年后，自己的能力更上一层楼了，再去挑战这首名曲。不光是《钓狐》一曲，考虑到眼下自身的状况，这种说法同样适用于挑战其他领域。我第一次体会到了要"更上一层楼"所需付出的艰辛。（1988年12月13日）

吾乃武司 IV

今年5月6日至19日，我前往中国的北京、洛阳、西安进行了公演，又于5月28日至6月2日在以色列的耶路撒冷进行了公演。

我们以"日本传统艺术访华团"的身份访问了中国。这次访问以交流、介绍为主要目的，成员以观世流仕手方的观世清和为首，还包括长歌三味线的杉浦弘和、长歌囃子[6]的坚田喜三久、日本舞的花柳千代，狂言方面有家父、小川七作和我。这一次我印象最为深刻的是和各个领域的人一道去旅行的体验。因为一直以来狂言都只和能一起演出或是独自演出，所以拥有这种体验还是头一次。回头看看，日本的传统艺术大多是封闭性的，缺乏与整个艺术领域的交流。或许是因为过往曾有过一段时期，能乐是十分厌恶与歌舞伎进行交流的。而在本次旅行中，我却得以近距离观看歌舞伎的后台以及一些舞台上的呈现方式。我不由得反省：自己明明想让狂言在当下仍能富有活力，但却过于欠缺其他古典艺术领域的知识。

在以色列的那段时间十分艰苦。两日之内公演了两次，做了一次讲座和展示课。此外，我还要作为《三番叟》《棒缚》《雷》的主演进行表演。因为日本参加以色列戏剧节一事得到落实，所以才有了此次公演。同时，这也是我以责任人身份的首次海外公演。这次公演我是和石田幸雄先生一起参加的，也不知是在中国买的蜂王浆喝得上了头，还是提前做好了速战速决的心理准备，所以进入了亢奋状态，总之是毫不松懈地完成了热演。我对以色列这个国家其实没什么很具体的概念。从文化水平上讲，它和欧洲其他国家并无区别，不过，或许是因为对日本文化的基础知识比较薄弱，观众在观剧时表现出了些许困惑。此外，讲座和展示课吸引了不少年轻人，而这也是我的首次海外挑战。讲座的氛围十分亲切，问答环节的气氛也很活跃，最后还有人要求"安可"[7]，感觉是很受好评的一次活动。难得涉足这片土地，希望能够再度前往，留下更大的一片足迹——这个国家给了我这样的期望（虽然距离日本实在太远了）。

8月28日，我又将远赴苏联。我想，那也将会是一次珍贵的体验吧。（1989年6月30日）

吾乃武司 V

距前一次的"狂言是也座第四回"只过去了约三个月，在此期间却发生了很多事。7月21日我前往纽约，8月28日至9月12日则身在莫斯科、列宁格勒（今圣彼得堡），9月28日、29日于横滨博览会闭幕活动上演出了《鹰井边》。此次前往纽约的目的是拍摄富士电视台的深夜纪录片《新纽约客》。这个节目的主题是：各行各业的人在纽约这座城市待上一天，通过一些行动去介绍这座城市。而我这一期节目的副标题为《武者修行在纽约》。我想做的是，通过狂言的"舞、谣、科白以及程式动作所承载的演技"，去挑战世界戏剧中的"舞蹈、歌唱、表演"。上午，首先前往哑剧工作室进行肌肉力量的测试，以及哑剧的练习、表演技巧的交流等等。我在这里受益匪浅，发现自己身上前后移动所需的肌肉状态虽然不错，但是横向移动所需的肌肉却十分孱弱。我想，这大概是能乐舞蹈程式中的大部分都要求身体进行前后运动导致的。要在头戴假面、视野狭窄的前提下起舞，也只能是前后移动了。然而狂言多是直面（也就是不着面具）起舞，所以我产生了一个新的想法，那就是其实也可以在狂言的动作中引入一些横向运动的动作。下午，我前往舞蹈学校，在专业人士的指导下，一丝不苟地进行了一个半小时的百老汇舞蹈的学习。学跳《西区故事》《周末夜狂热》等剧目的舞蹈虽十分开心，但是对于习惯了"序破急"这一节奏的我来说，在一个均等的节奏中反复做同一套动作，总会一个不小心就跳得越来越快，合不上拍了。总而言之，这一个多小时的训练运动量很大，也很辛苦。接下来，当天晚上，我要在日本餐厅的特设能舞台上为百老汇的制作人们展示《三番叟　揉之段》《奈须与市语》《瓜盗人》几部作品。这也算是某种"试镜"活动吧。那一天是我到达纽约的第二天，身体还在调整时差，白天又经历了两轮教学，到了晚上又是超超超级难的三曲狂言。当时的感觉是，活了这么多年从未像今天这么辛苦过。精疲力竭之际，我在穿上戏服的瞬间却突然"复活"了（我自己也被自己的演员本性震惊了），最终成功地完成了这三部作品的表演。这或许是某种"气势"使然吧。演出结束后，接连有制作人来后台休息室拜访、问候，所以他们对我演出的评价或许也还不错？关于这件事，还请实际看过我出镜这一期节目的观众们定夺吧……不过总而言之，那些专业人士是只在全世界范围内选择好作品欣赏的，他们完全不清楚我在日本的工作以及所处的环境，却都毫不腻烦地将我的表演一直观看到了最后。这对于我来说也是一大鼓励。虽然那是非常辛苦的一天，但同时也是非常有意义的一天。虽然我觉得将这么珍贵的一天剪辑成三十分钟的节目有些浪费，但是这三十分钟的总结十分出色，从节目角度来说我是非常喜欢的。如果大家都有这个要求的话，我甚至觉得可以和其他期的节目合起来举办个试映会。倘若您有这样的想法，请在调查表里写出来。

　　前往莫斯科、列宁格勒的目的是举行野村狂言团（团长：野村万作）的访苏公演。父亲常年出访美国以及其他国家进行演出，这是他毕生的工作，而这次公演也是他一直以来的梦想。与此同时，此次也是能乐在海外公演中头一次采用同声传译导览耳机，所以也演出了《木六驮》和《镰腹》等在海外比较难被理解的曲目。导览耳机的使用卓有成效，为了将古老的日语翻译成当代俄语，有一些地方需要同声传译对日语有着更进一步的反应能力。在场观众的观剧礼仪也十分到位，都是头戴翻译耳机，一只耳朵聆听俄语翻译，另一只避开耳机的遮挡，仔细聆听我们狂言师的声音。也因为此，近千人半边的耳机都是漏音的状态，于是我们这些正在台上演出的人也听到了翻译的声音，这也导致我们在台词和台词之间间隔过久。因为同声传译的声音还没停，我们就很难开口接下面的台词。不过我们也逐渐熟悉了这种状态，便恢复了常态。在素有文化、艺术之都之称的列宁格勒，我们的演出也得到了特别热情的回应，最后一场演出谢幕时，所有观众一齐起立，高呼"bravo"[8]，还有"спасибо"（谢谢）。在我的海外演出经历中，这一次演出可以说为我带来了最为充实的感觉。我在A场中出演《二人袴》中的仕手和《木六驮》中的主人，在B场中出演《镰腹》中的女性和《茸》中的姬茸，这次公演也达成了我出演角色最多的纪录。

《鹰井边》据说是爱尔兰诗人叶芝以"能"为灵感创作的一出诗剧。该剧由观世荣夫执导、大冈信改编、一柳慧作曲、竹屋启子编舞，与我共同演出的有（第八代）观世銕之丞和前田美波里。我虽时常表演改自此作的新作能《鹰姬》，但此次的改编非常贴近原著，整体来看既有歌唱部分，也有表演部分，同时还有舞蹈部分，可以说是一部极为接近综合舞台艺术的作品。我所饰演的库富林，也就是《鹰姬》中的空赋麟，是父亲的拿手角色。所以对这个角色我也是向往已久。不过我们的演出场所YES音乐厅的上部是挑空的，和该剧场的其他空间相通，所以无法完全阻隔和我们同时演出的其他舞台所发出的声音，这也使声音的呈现不得已受了些损害。但在和芭蕾、现代舞的舞蹈演员对战的那一幕中，我收获了和在狂言的舞蹈中完全不同的、前所未有的快乐体验。这也是我第一次穿着鞋进行表演。这个夏天我收获了不少珍贵的经验，也希望能在接下来的一年获得更多经验，得到进一步的成长。（1989年10月19日）

吾乃武司 VI

　　至上一次"狂言是也座第五回"举办为止，我们一直使用的都是位于青山的锐仙会的舞台，本次演出则改在了位于水道桥的宝生能乐堂。（会不会有观众走错了路，跑到青山去了呢？）青山的舞台能容纳200—300人，和"狂言是也座"的上座人数相适，涂着混凝土的墙壁很有近现代的气息，玄关也没有设计得过分夸张。所以，初次前来观赏演出的观众也能比较轻松地走进这座剧场。而且不管怎么说，青山这个地方对于我们来说是很有亲切感的。选择在此地进行表演，一方面是希望观众能在饮食购物之余前来观看狂言的演出；另一方面，这座能乐堂也可摇身一变成为livehouse[9]，正适合技艺虽需磨炼但年轻气盛的演员。不过相对的，青山的锐仙会剧场的桥悬部分比较短，而且livehouse是否能为我的表演加成也是个问题。（"狂言是也座"也逐渐开始形成自身的特色了。）因为有这些问题，所以这次暂停了在锐仙会的演出，而选择了人称"东京第一"的宝生能乐堂，也希望能吸引一些闲庭信步到此一游的观众。相应地，我们也选择了大曲《朝比奈》和登场人数较多的《千切木》进行表演，这些曲目也能够充分地利用桥悬。此外，本次还有一曲舞囃子《小袖曾我》，由喜多流的井上雄人和狩野了一出演。此二位比我年轻一岁，仍在以内门弟子的身份修习技艺，但他二人意气高昂，是备受期待的新锐演员。

《哈姆雷特》这出戏，于5月4日、5日在大阪近铁艺术馆上演，又于5月8日至12日于东京环球剧场上演。我想应该有不少观众前去观看了这出戏，本作品由渡边守章翻译、执导，共演者有汤浅实、盐岛昭彦、后藤加代以及"圆"剧团的一众演员。比起"个人主义的哈姆雷特"，渡边老师的执导选择了更为"家庭性"的角度。演出全长为三小时四十分钟，而因为一般狂言的演出只需二三十分钟，所以在这出戏中我很难分配好体力。自然，我也要兼顾狂言的演出和练习，所以排练《哈姆雷特》的这三个月非常辛苦。总之，台词量相当大，背来背去还是看不到头，感觉真是紧赶慢赶才在大幕拉开前勉强完成。回头看看，迄今为止在我出演的剧目里，"能 junction"以及横滨博览会的《鹰井边》在形式上都还属于能乐，共演者两三人，而且都是观世荣夫先生或銕之丞这样早有交情的前辈。而这一次的剧目由多人演出，而且还是我并不熟悉的新剧[10]，这样的体验我还是第一次。有时我会不知道如何配合对方的呼吸，同时我需要控制狂言那种独特的抑扬顿挫的发声方式，进行日常的、更加自然的表演。对于我来说，这些都很难。站在舞台上也不可"沉腰"，而需采用芭蕾的站姿，尽量令骨盆向上提。从这层意义上说，为数不多的几处"独白"反而令我可以不必太过在意这些细节，完成得较为轻松。因为独白是在"只有单独一人的声音和身体存在的空间"中表演，而我已经掌握了狂言中"白"的技巧，并对此拥有自信，所以才最终完成了表演。从这一点上讲，此次演出中我最为强烈的感受并不在于我是否成功地完成了演绎，而在于《哈姆雷特》这出戏剧作品或者说这部作品中的角色是非常利于狂言师演绎的。前文中举例的"独白"也是如此，假装发疯的那些滑稽场面产生的喜剧性效果和狂言艺术是相通的。日常生活中读来会让人面红耳赤的韵文也可以处理得比较程式化。我想，这恐怕就是同为古典艺术的二者比较接近的部分吧？我把出演《哈姆雷特》的事告诉了父亲，想要获得他的许可。父亲首先便说："以前，武智铁二也曾对我说，'希望万作能够出演哈姆雷特'。"因为很多歌舞伎演员都挑战过这一角色，所以我也希望能看到狂言师来演绎哈姆雷特。我的表演也有一些需要反省的地方。我这个人可能生性过于开朗，这导致没能贯彻好这出戏整体上的那种阴暗感。记得在演出《钓狐》的时候我也有同样的感想。我那种拼命表演显得稚拙，而且我无法控制这种稚拙感的发散，这也导致我没能从始至终坚持住对整体的细微控制。但是，我又想到，倘若过度以个人观念去解读、表现角色性格等要素，可能会令角色的存在变得狭隘，这样一来，即便重复练习也很难有什么进步。特别是在新剧领域，这种倾向过于强烈。"从古至今，表演都是一面折射人性的镜子"[11]，所以演员只需做出一定的引导，判断的权利还是要交给观众的，不是吗？莎士比亚的《哈姆雷特》是那么伟大，多少次饰演这个角色都不会厌倦，甚至每一次表演都会有新的发现。其辞藻是何等华美！不论阅读时是什么样的精神状态，剧本都能令人萌生亲近感：它是折射我们心灵的镜子，在它面前，我们的心时而沉重，时而轻盈。当我感觉自己终于能够体会到这种乐趣时，演出已经迎来了终日。实在是太遗憾了。我发自内心地希望能够再度出演这部作品，并再次道出那经典的台词"生存还是毁灭"。我请求渡边老师在谢幕时播放披头士乐队的《顺其自然》[12]这首歌。这首歌不但旋律、歌词最为我所爱，同时也是烦恼着"生存还是毁灭"的哈姆雷特在死之将至时念出的一句话。在我心中，哈姆雷特的这句"一切顺其自然吧"（在演出中这句台词表述为"就随它去吧！"）和"尽人事以待天命"意义相同，是我非常喜欢的一句话。我希望自己能扎实地学习、磨炼，然后进入"顺其自然，以致自然"的境地。

我也是和保罗[13]一起唱过《顺其自然》的哦！虽然是在东京巨蛋。（1990年6月22日）

吾乃武司 VII

每当提笔写《吾乃武司》，我总是会写下从上一篇文章到这一篇文章之间大约半年内发生了什么大事。这种写法像是在记什么大事记一样。比如：出演《哈姆雷特》，或者海外演出事宜，等等。不过这一次完全没有此类的话题了。反过来讲，这段时间我是作为一名普通的狂言师度过的。因为以上原因，我这篇文章便无法按照平时的方式去写了，所以这一次我准备写一写野村武司这名狂言师的日常生活。虽然有一部分内容已经在媒体访谈中提到过了，但是我亲手付诸文字还是头一回。

首先，我先简略讲讲我一年的日程安排。这样安排日程的并非只有我一人，整个能乐界都大致如此。一般1月份的演出都不会很多，不过每逢正月[14]我便会出演祝曲中的"翁"（请大家一定要去观看1月15日的《三番叟》哦），还会上演一些大曲，因此情绪会变得比较紧张，感觉很充实。2月和3月通常是年末总结、入学考试、期末测试的时候，或许因为这段时间客人们比较忙碌，所以说实话我这两个月还蛮闲的。所以如果要准备剧目，通常会选择在2、3月进行练习，然后在4、5月正式演出这样一个流程。从4月步入5月后会逐渐忙碌起来，到了6月便会迎来能乐界第一个忙碌的巅峰期（也可能是因为我还要兼顾"狂言是也座"的演出）。进入夏季后，这个巅峰期便结束了。不过近些年来薪能[15]的演出愈发盛行，所以我也会参与很多地方上的公演，疲劳感也变得极为强烈。不过平日里还是比较有空闲的，所以一般也会选择在此期间集中练习狂言。《三番叟》《奈须与市语》《钓狐》这些曲目都会在夏季展开特训。我正值青春年少时，美好的夏季就被这三首大曲占据了……

不过我今年就只有夏天是独自一个人在家，可真是潇洒快活！嘎哈哈哈……接下来到了9月，差不多就进入了恐怖的秋季，也就是所谓的艺术之秋了。表演场次开始急剧上升，几乎每天都有演出（当然剧目是每日更换的）。因为很多活动都在这段时间举行，越来越多的演出因为难以预约到场所而将演出时间延后到12月，所以我们要苦战台词直到12月中旬为止。接下来，从圣诞节到正月头三天，是我唯一能像个普通人那样沉浸在忘年会、新年会的一段时间。我也终于能专心致志于野村家世代传承下来的饮酒习惯了。说起来，今年举办了"乱能"[16]，在这一集会中，狂言师跳能舞、充当囃子，仕手方演狂言，或者囃子方跳能舞……可以说是一半学习一半玩闹的活动。因此我又多了一些需要记下的东西。

接下来，我讲讲狂言师的一天吧。上午是练习和对词，下午记背一些东西，为父亲打打下手。傍晚准备好演出的装束，将超过二十公斤重的皮箱装上车，前往晚上演出的场地。演出结束后，晾晒或收纳好演出的装束，这时候时间已过了晚上10点，我会泡个澡，喝点啤酒，吃点炖锅（虽然父亲才是专吃炖锅料理的），然后入睡。有句很流行的话是"吃饭、睡觉、玩乐"，我到了秋季忙碌之时则是"吃饭、睡觉、背台词",根本没的玩乐,除非和朋友讲讲电话算玩乐的话……请祝这个不幸的二十四岁青年好运吧!无法游戏人生的话还怎么扩展眼界哟!

话说回来,来年会有《浪人杯》和《彦市故事》的演出,这样一来,《吾乃武司》这个专栏的话题也将更加丰富了。敬请期待!(1990年12月19日)

吾乃武司 VIII

本日诸位能够光临"狂言是也座",真是万分感谢。此次上演的曲目为《金冈》。迄今我已"披露"过《三番叟》《奈绪与市语》《钓狐》等曲目,但这是第一次没有在父亲主办的剧团而是在我自己的剧团进行披露演出。这皆是承蒙大家的关照。通过"狂言是也座",我吸引到了属于自己的新的观众群体,而这次披露演出正是我一直以来努力的成果,真的非常高兴。

正值演出《金冈》之际,我想回顾一下自三年前《钓狐》初演以来所发生的一些事。《钓狐》是我在东京艺术大学读四年级时"披露"的。毕业以后，我便正式走上了狂言这条不归之路。一般来说，大学毕业后就将走入职场，这意味着人生的一大转变。但是在我的人生中，"狂言师"和"学生"本来就是并存的两重身份，所以，大学毕业对于我来说只意味着"学生"这重身份的消亡。"学生"，本是我为了玩乐而选择的一条"退路"，因为一心专注于狂言的日子十分沉闷，令我陷入犹豫不决的境地。而年复一年向我压来的责任逐渐加重，我身为一名狂言师的自觉也在与日俱增。与此同时，我还身处一个既接受教育也教育他人的立场，负责着东京大学教养学部表象文化论的讲座，还负责对五狂连（现为六狂连[17]）中的共立女子大学、御茶水女子大学、东京女子大学这几所学校的狂言研究会进行指导。我发现，在指导他人的过程中，我也得到了自我整理的机会。

对于狂言，我想要尝试的曲目也在不断变化。和别人对我的第一印象不太一样的是，我其实比较偏好《朝比奈》《恶太郎》等曲目，目前也正在为之而努力钻研。

从这一点来看，在上个月连演六日的《彦市故事》中饰演彦市这个角色，对我来说就是一次很好的学习。故事的笑点都在殿下大人和天狗之子身上，彦市这个角色则需耐心地把握故事节奏，与此同时，他又身负主角的重担。彦市虽有些没心没肺，但聪颖狡猾，还略有些调皮捣蛋的坏心眼儿。通过演绎这个角色，我也掌握了他的这些特征。在彦市的台词中，他用"婆娘"[18]这个词呼喊自己的妻子。我最终意识到，这个词的用法其实是因人而异的——也有人用它来称呼母亲。我因此深切地感受到，要展现出成熟的演技的那种厚重的存在感是一个何等艰辛的过程。带着这些感悟，我希望本日所"披露"的《金冈》一曲也能多少将这三年间苦恼钻研的果实呈现在大家面前。

此次的演出中还有小川七作"披露"《奈须与市语》一曲。愿他能将自身对狂言的独特诠释展现给大家。

最后，本次演出和《钓狐》初演时一样，由松本隆治先生设计宣传册、大山千贺子女士拍摄照片。在此向二位老师致以诚挚的感谢。（1991年7月5日）

吾乃武司 IX

在此次演出中，我拜托观世晓夫先生在《高砂八段之舞》中担任舞囃子，我则表演了《末广》和《节分》。我们的演出剧目大多有很强的季节属性，又或者多以季节为主题。正月里比较常见的就是"翁、胁能、胁狂言"这一类比较喜庆的节目了。其中"翁、高砂、末广"是最为流行的组合。时至今日，"式能"[19]活动中仍以这类节目作为开场。2月份的话就是《节分》了，这是我非常喜爱的曲目之一，所以我在本次演出的策划中将此曲与《末广》组合，在1月的末尾献给大家。狂言中存在着能够对应日本四季的曲目。春季以"花"为主题，有《花折》《八句连歌》等，夏季有《蚊相扑》《水汲》《水挂婿》《雷》等，秋季有《荻大名》《栗烧》等，冬季有以雪为主要背景的狂言《木六驮》，年末则有《福神》等等。

观世晓夫先生是銕仙会当主观世銕之丞先生的长子，也是一位比我年长十岁的长辈。他体格强健、声色洪亮通透，我很崇敬他，也曾跟随他学习唱诵能谣。如今在参演"乱能"时仍备受他的关照。

去年11月，我参与演出了于英国的日本戏剧节上演的狂言版《温莎的风流娘儿们》（原作：莎士比亚）——《法螺侍》（改编：高桥康也）。《法螺侍》于威尔士首府加的夫和伦敦进行了公演，所得到的评价要比在日本演出时高得多，可以称得上是极为成功的演出了。在日本，这部作品的原著本身的普及程度就相对较低，很多人一看是用狂言手法诠释，下意识就严肃认真了起来，所以我们表演者也不由得以一种极为生硬的方式进行诠释。而当该作回归故乡时，情况就大不一样了。对于英国人来说，它的原作，尤其是主人公福斯塔夫（洞田助右卫门），是再熟悉不过的了，而且他们也很清楚该剧是笑剧。所以比起纠结于导演的手法，他们首先是抱着一种"希望能从这出作品中汲取欢笑、获得愉快"的态度观看的。这也令我们这些主创得以敞开心扉、放松精神地去表现作品。我甚至有这样的感觉：是这些英国观众反过来教会了我们如何诠释这部作品。总而言之，该剧得到了极高的评价，也有不少请求再演的呼声。以高桥老师为首，我们这些主创都感到内心非常满足。明天，我还要在水户艺术馆配合为此剧设计了舞台装置的矶崎新先生的展览会进行表演。

下一次，就是"狂言是也座"迎来第十回演出的时候了。为了这个值得纪念的日子，我们准备租借国立能乐堂的场地，热热闹闹地举办一场演出。还请大家不吝期待！（1992年1月26日）

吾乃武司 X

万分感谢诸位莅临本次"狂言是也座"第十回纪念公演。自 1987 年 12 月 16 日的首次公演起,这五年间,我们以一年两次的频率进行了十场演出。回头看看,我不由得感到惊讶:"已经第十回了呀,已经过去五年了!"在这五年中,各位都来看过几次我们的演出呢?会不会有从銕仙会到国立能乐堂的所有演出都前来观看过的客人呢?

"狂言是也座"是我野村武司想要作为一名狂言师走下去时,从我的这种意念中具体生发出的产物。我的目标是用"呼吸现代空气的狂言"将表演者和观赏者融为一体。简单来说,就是我想要进一步开拓自己的狂言观众群。当我在狂言的世界奋力拼搏时,必然会希望得到更多的观众。为了实现这个愿望,我想,首先就是要将迄今为止父辈们所构筑的狂言之基本切实地继承下来,钻研技艺,增加古典保留曲目。第二,就是要促进表演者和观赏者之间的交流,举办座谈会,进行问卷调查。第三,就是要上演一些现代感和灵感迸发的新作狂言及复曲[20]等。但是我也认识到,以上的这几点与其说是目标，实际上更接近于一种远大的理想。第一点姑且不提，为了能够做到第二点的所谓"交流"，我会在演出结束后专门留出表演者和观众的座谈时间，但是其实观演双方对狂言的理解可能都不成熟，这也导致双方往往不会按照我所期望的那样交换意见，而只是把座谈变成了一个"粉丝集会"。话虽如此，这种"交流"还是能够取得很大成果的。由五狂连的学生们制作的演出副册（内容是对演出作品中一些难懂词汇的解释说明，是区别于场刊的另一本册子），尤其是"语句说明"这一部分，既不会影响观众观赏作品，又能够消除古典作品中常出现的"难懂词汇"给观众带来的压力，所以备受好评。此外，调查问卷的回收率也十分可观。

到了第十回演出，我们首次选择了《越后婿》这一接近复曲的曲目。希望能以此为界，从接下来的第十一回演出开始，以全新的形式再出发。那么接下来也请大家多多关照了！

关于《越后婿》

该曲作为和泉流现有的二百五十四种曲之一，又名

"修习第一曲"，原本位列《钓狐》《花子》之后，也是野村又三郎家拿手的曲目。事实上，该曲也深得宗家[21]青睐。不过，关于此曲鲜有过往的资料文献，这导致《越后婿》反而成了新曲。因为对这新曲并不熟悉，所以即便读过《六义》[22]（狂言的剧本），说实话我还是觉得这首曲很是"无聊"。然而，近些年能乐界掀起了一波复曲新演的热潮，这股风潮在演出剧本的处理上也比较柔和多变。所以我这一次就下定决心，突出它的优点，舍弃它的缺点，将自己的创新思想融入其中，为大家演出一场武司版《越后婿》吧！我在乱能中曾两次扮演《石桥》的狮子，而此次，挑战狮子舞的本源——"越后狮子=角兵卫狮子"——的杂技部分也成了我的原动力。

《越后婿》原本是十分简单的一首曲子，故事中只发生了"越后的一个女婿'入婿'[23]时在丈人家跳起了狮子舞"这么一件事，不过在女婿跳起狮子舞之前，台上的演员一直在绕来绕去地推杯换盏。因为有姐夫这个勾当（位于检校之下、座头之上的盲人官职）在，所以就出现了"岳父→女婿→勾当→女婿→勾当→岳父"这样一个互相敬酒的环节，观众也只能干坐着看台上表演这一段冗长的酒宴客套，实在是太过无聊了。我将这一段情节简化，令载歌载舞、才艺丰富的入婿过程脱离僵化的仪式感，更烘托出家庭的氛围。因此，我将岳父塑造成一个单纯喜爱才艺的岳父，而女婿也就相应地成了一个从艺者。因为这样的设定，在入婿仪式上，为投岳父所好，女婿和勾当二人见缝插针地轮番表演起了才艺。一方厚重，一方轻妙，二者对比十分强烈。这场入婿仪式也就变成了一个借着酒席展示才艺的机会。勾当本来表演了《下海道》和《平家》两曲，女婿就相应地插入了《鹑舞》和《羯鼓》两舞，氛围被炒至顶点时，女婿跳起了狮子舞。狮子舞一曲由负责笛的一噌幸弘先生和负责太鼓的金春国和先生进行了全新的创作，虽然原本想过要参考森田流、藤田流两家的风格，但是一想到反正也是要改编的，不如改得彻底些，于是便放弃了这种想法。舞蹈方面，我是将新潟县月潟村的保存会继承的越后狮子的技艺，金鯱、蟹横爬、狮子乱菊等杂技技能，加上能的狮子舞一起进行了改编，这部分同样也属于原创。

因为这首曲目只能趁着二十来岁的时候表演，在三十岁到来之前的这三年，我还想再多多将它搬上舞台。我期待着大家的意见和感想。借此机会，我也向为此曲的研究做出贡献的诸位致以真诚的敬意。（1992年7月2日）

吾乃武司 XI

去年9月17日至10月2日，我们举行了美国公演。此次公演是我父亲坚持远赴美国演出的集大成，还有纪念父亲赴美演出三十周年，以及庆祝日美协会新剧场落成这两个目的。此次演出中不仅有普及性质的狂言曲目，还有一些高难度的大曲。我在纽约表演了《钓狐》，在旧金山和洛杉矶表演了《三番叟》。肩负第二要角的重大责任，我既感辛苦，又觉快活。一直以来，我去美国都是怀着一种旅游购物的游乐情绪，此次却连酒也没敢多喝，脑中始终惦记着表演的事，简直像是被什么东西附身了一般持续集中注意力，表演也收获了与这些努力相应的成果。或许，这次演出令我终于找到了身为狂言师的职业觉悟吧。《钓狐》这出戏其实略有些难懂，曲目本身又比较特殊，我感觉观众在观赏时略有些吃惊。演出结束后，我们收到了很多热心观众的提问。同时上演的还有《韧猿》这出戏，当时正巧"太郎次郎"这对猴子杂耍组合也在纽约中央公园进行表演，所以观众们看得十分高兴。《三番叟》被评价为"很像迈克尔·杰克逊"的表演，那么我想，这也称得上是种极大的褒扬喽？（12月

30日我在东京巨蛋内场前十排近距离看到了迈克尔·杰克逊，果真名不虚传。）此外，此次美国公演还有我父亲表演的《六木驮》、我与叔父万之介合演的《二人袴》等。因为多次访美演出，所以我们在美国也有粉丝、旧识和朋友，不管走到哪里都会得到热烈的欢迎，大家也因我们的到来而欢喜。所以，我内心希望能每三年去一次美国。还有一件事令我备感幸运，那就是在此次公演不多的一点闲暇时间里，我有幸去纽约现代艺术博物馆观看了马蒂斯的画展。虽然时间太短没能全部看完，但是他的包容力、他的长寿为其作品所带来的特殊魅力，和一名一生致力于狂言的狂言师到了晚年所展现出的那种岁月的厚度简直如出一辙。我在就读于艺术大学时对美术毫无兴趣，曾无数次路过上野的美术馆，却从没踏进过它的大门。此时，我真是后悔不已。

此次访美我印象最为深刻的是演出日程安排需要三度往返于旧金山、纽约、洛杉矶和匹兹堡这几座位于东西两个方向的城市，所以我们也三度跨越了落基山脉。每当翻越山脉时，飞机就会剧烈地摇晃，尤其是从纽约飞往洛杉矶时，摇晃得过于剧烈，就仿佛地球在劝诫我们——莫要为成功演出了《钓狐》而沾沾自喜。当时，我的心情也是急转直下，顿感人类之渺小。人类只不过是大自然之中的一部分，甚至只要气压稍稍作怪，人类的存在就能轻易被抹消。想到这里，胸中瞬间涌上一股淡淡的空虚。

接下来，就是"狂言是也座"的第十一回公演了，也是一趟再出发的旅程。今后我也要像狂言中的登场人物一般，坚韧不屈、充满活力地站在观众们的面前，还请诸位多多支持！（1993年2月11日）

吾乃武司 XII

此次"狂言是也座"的演出剧目为《鸣子》和《博弈十王》。故事梗概和解释就交给五狂连的说明页了，在此，我想聊一聊这两个故事的相关小趣闻。

《鸣子》是太郎冠者和次郎冠者一边唱着小曲一边扯着鸣子[24]绳子跳舞。这个曲目的歌舞旋律性很强，最大的看点就是两冠者在歌唱、舞蹈时的配合表演。

近些年，万之丞（现名万）和万作兄弟演出此曲时的配合可以说是天衣无缝，二人还互换太郎冠者和次郎冠者的角色进行表演，所以此曲在能乐界有着"野村兄弟曲"的名号。其实我祖父万藏和我父亲、祖父和我叔父也都配合表演过该曲目，不过都是在很久之前了。野村狂言会之中又未曾有过兄弟之外相互配合表演的情况，1980年的演出就是最近的一次兄弟组合表演了。其他狂言组织，如魅能舞和东京"哪里走之会"[25]，在国立能乐堂建成第一年（昭和六十一年）[26] 表演过该曲目。不过野村家这次已是时隔七年的演出了，由父子、兄弟之外的两人配合表演更是时隔十年有余。

春季"狂言是也座"第十一回公演《田植》所播种下的幼苗，此时终于结出了果实。在这个初秋，"狂言是也座"迎来了第十二回公演，其中多少有"鸣子追逐着飞鸟"相关的寓意。然而今年有一个极端的"冷夏"，对于农家来讲，这曲目似乎反映了他们收成的不尽如人意，对于这一点我还是很忧心的。

《博弈十王》则是一部极具狂言风格的荒唐作品。从构思上看着实特殊，不过演出频率却并没有很高。国立能乐堂建成后这些年常有该剧上演，每次在呈现上都会有一些细节加工和调整。梅若会甚至将其视为"课题曲目"，纳入重新审视研究的范畴。此次对该作品的诠释，我比平时更为尽心尽力地调整、矫正，将我心中认为正确的、独特的想法和表现贯彻始终。我活用了前些年在国立能乐堂重新搬演《饿鬼十王》时的经验，我的主要目标是将《地狱草纸》等所描绘的地狱光景视觉化。（因为在当下这个时代，提到"地狱"，大家脑海里也浮现不出什么具体的东西来。）迄今为止，狂言的其他作品中的鬼兵都是手拿竹棍追追打打，但看了《地狱草纸》之后我发现其中的鬼兵鬼将都是手拿斧、矛、锯等武器追打的。我将《髭橹》中做敲打用的长道具改造成了地狱用具，让群鬼们拿在手里。此外，迄今为止，净玻璃镜都和金笺一样是立在一榻榻米台[27]上的。但是，我在本次演出中仿照（地狱）草纸，将镜台改放在他处，让位列最末的鬼背着它出场。这不单单是一个创新点，在我家的《六义》（剧本）中有"端出了松山镜的布景道具"这样的记录，此次我们就是参照这句话进行布置的。此外，还有迄今为止在呈现上一直有错误的地方：阎魔大王"于是拿起铁笺，读出上书文字"，遂看起了金笺。对这个地方，我们进行了重新创作，改为和"饿鬼十王"一样看起了"铁笺"，并且让阎魔大王站在放置净玻璃镜前看着镜子。此外，在博弈时，原文有"这就是象征着众生罪孽的金笺,就用它来做赌注吧"一句,其实是再一次将铁笺和金笺混为一物了。所以,本次演出中我将这一句改为"象征着众生罪孽的铁笺",并且安排前几轮下赌注使用铁笺,而将可把善人送向极乐世界的金笺放在最终做赌注。这样一来逻辑上也就说得通了。

和普通观众虽然没多大关系,但是《狂言六义》其实并未全部公开。如果是能的演出,能乐研究家、评论家们只要看到,马上就能发现不同之处,也会知道有哪些地方是下了功夫的。但是狂言就算下功夫做调整,可能也没人看得出来吧。也正是因为如此,我才有意记录下这些。

7月31日至8月4日,我参加了北九州市立交响乐厅开幕节。这是一座室内乐专用的音乐厅,它的音乐总监是小提琴演奏家数住岸子女士。据说她在 *AERA* 杂志上读到了关于我的文章,对我很感兴趣,所以邀请我参加这次活动。我受邀在31日的前夜祭进行表演,剧目是十分适合建筑落成演出的《三番叟》。我又以"语言、语言、语言"[28]为题,与计算机音乐家、作曲家、钢琴家高桥悠治合作表演了《哈姆雷特》第三幕的独白:先将我的声音加入高桥老师编好的曲子中,令声音以一种重叠的、轮唱的感觉呈现出来；再将情绪不断变换的"生存、毁灭"等词以一种随机的方式播放出来，令语言情绪呈现出一种游戏性。正是为了控诉新剧那种把台词处理得仿佛莫尔斯电码一样的僵硬手法，我才在本次演出中格外强调台词的音乐性。感兴趣的朋友可以在 11 月 29 日前往横滨观看。

之前暂告一段落的现代戏剧，我也准备再度开始挑战了。12 月将有《暴风雨》的演出，敬请期待！（1993 年 9 月 10 日）

吾乃武司 XIII

12 月和 1 月，我分别在东京环球剧场和新神户东方剧场演出了莎士比亚的剧作《暴风雨》，饰演缥缈的精灵爱丽儿。这是我自三年前主演《哈姆雷特》以来再度参与现代戏剧的演出，对于我来说意义十分深远。该剧导演是来自加拿大魁北克的罗贝尔·勒帕热，他是时下最受瞩目的新人导演之一。由平干二朗先生、上杉祥三先生、毯谷友子女士等率环球剧场的众演员出演。受环球剧场经理田村先生的邀请，我在此剧中是特别出演。勒帕热的导演手法十分具有实验性，演出中壁板的上下左右移动将戏剧的平面化、电影化的状态与力图使伸出式舞台的舞台效果呈现出最大张力的环球剧场之间的那种不协调感，勾勒得更为醒目。除该剧外，一个月之内，魁北克地区的剧团有三出戏需要他，再加上他独立执导的一出戏。此外，他还要为环球剧场的《麦克白》和《暴风雨》进行全新的执导。我甚至觉得勒帕热导演有些可怜了，因为他不得不去统一、调和演员们参差不齐的演技。我自己需要反省的是，我在本次演出时所承担的来自狂言的压力比出演《哈姆雷特》时要更大，而狂言方面是完全不能有一丝松懈的，所以也就没办法积极参与《暴风雨》的排练了。加之勒帕热导演对如何使用我这个演员有些考虑不足，也没在爱丽儿这个角色上找到什么新思路。不过在神户每晚演出之后，我都能和上杉先生、山崎清介先生他们一起喝酒聊天，感觉难得地交到了珍贵的朋友。

今年发生了很多事，多到不愿早早下断言"今年是个走运年"。首要的就是自4月开始播放的NHK电视台的大河剧《花之乱》了。该剧以日野富子（三田佳子饰演)为核心,主题是"应仁之乱",我饰演其中的东军大将、管领细川胜元。细川胜元是现任首相细川先生[29]的祖先。他是一位文武双全、重视秩序的精英官僚。另一方面,他对天文也很感兴趣,还建造了龙安寺石庭,同时,他和哈姆雷特一样是个宿命论者。该剧自1月下旬起开始拍摄,我和饰演将军义政的市川团十郎,以及饰演细川的父亲——同时也是他最大的政敌——西军大将山名宗全的万屋锦之介之间,上演了剑拔弩张的对手戏,真是既惊险又十分吸引人。我也非常期待接下来和三田佳子女士的对手戏。

4月,我对《彦市故事》进行了全新的执导,该剧将于新宿零空间上演。《法螺侍》的凯旋公演则在环球剧场进行。6月,别役实的《隅田川》将于森崎事务所上演,由我担纲主演。7月,我将参加法国阿维尼翁戏剧节——彼得·布鲁克、莫里斯·贝热当初都是在此戏剧节上崭露头角的——演出《素盏鸣尊》。该剧的导演是敕使河原宏,演员是观世荣夫、浅见真州和我,预计由我出演素盏鸣尊这个角色。所有这些剧目都要和狂言、大河剧同时进行,也不知道自己的身体能不能撑住。总而言之,今年我将鼓足干劲努力工作!(1994年2月25日)

武司改名：吾乃万斋 XIV

正如上次演出的场刊上提到的"今年是个走运年"所说，NHK 的大河剧《花之乱》，导演并出演的《彦市故事》《隅田川》，阿维尼翁戏剧节上的《素盏鸣尊》……以及狂言之外的诸多事情纷至沓来，不过总算是挺到了现在。（感觉这些"运"走得也太多了，甚至连袭名时仍然在"走运"……）但是，每件事做下来也都收获了相应的成果，身体没有累垮（虽然在阿维尼翁戏剧节期间坐了一遭救护车），精神满满地完成了这些工作还是令人十分高兴的。不过相应地，我在本职工作狂言上所花的时间不够，所以我也必须反省，今年有太多的演出没有达到我对自身的期望。本日，是我祖父野村万藏的第十七回忌[30]追善会，我希望此次的演出能够让自己满意。

《泣尼》这首追善曲是我远渡英国前最后的难关。它是一首以念白为核心和本体的曲子，演出此曲并不能仗着年轻就拿气势去应付。我想以此曲向我九泉之下的祖父致敬。舞囃子《船弁庆》由观世九皋会的当主、观世喜之先生之子观世喜正担纲。他年龄与我相仿，高音优美而富有张力，因为身形高挑而擅用长刀，最为重要的是他年轻气盛的表演令人格外期待。

《二人袴 三段之舞》是我从祖父那里学会并与他共同演出的曲目中给我印象最为深刻的一首。我第一次演出这首曲目是在九岁时,自那以来,包含日本国内及世界各地的公演在内,演出此作品恐怕总计已近一百次了。在习惯于一日一次公演的狂言世界中,再没有哪个曲目有这么多的演出次数了。曲中为了表现夫妻感情良好,女婿说"阿合(妻子的名字)最近总爱吃青梅(酸的东西)",其实是在拐弯抹角地表示妻子怀孕了。但是这一幕对于九岁的我来说是不可能理解的。还有一件十分令我怀念的往事。祖父在此曲中饰演我的父亲,他在推杯换盏的时候一边客套着一边被劝酒,当时我的台词是:"您可算赏光喝下了啊。"结果我竟忘记说这句话了,于是他豁达地大笑着说,"同一杯酒我可都干了两回了哟哈哈哈"。其后,由我父亲饰演剧中父亲角色、叔父饰演剧中岳父角色的版本也曾数次上演。乍看上去,这是一出表现未谙世事、单纯天真的年轻女婿手忙脚乱的喜剧,但是陪伴在女婿身边的父亲和岳父所展现出的那种温柔,是只有经年累月的狂言师方能绽放的日趋成熟的演技。可以说,此曲也是独具狂言特色的名作。记得小时候,为了完成暑假的美术作业，我还跟着祖父学习了制作面具的方法。当时我想要挑战一下狂言面具"武恶"，然而，制作表演时使用的大面具对于当时还是小学生的我来说负担有些太重了，于是我只好中途放弃，重新打了一副不能在台上用的小一些的面具。之后，那个制作到一半的"武恶"面具由祖父完成了，没有想到，这副我们共同制作的面具竟成了祖父的遗作。

我去探望病榻上的祖父时，他轻抚着我的头说："你来了，我真高兴。"之后，祖父很快便陷入昏迷，随后仙逝。这一切都令我难以忘怀。评论家加藤周一曾写过一篇文章，其中有这样一句话："若要我在世界范围内列举出五位著名的演员，其中一定有野村万藏。"也正是这句话使我下定决心走上了"狂言之路"。

这场公演后不久，我就将依照日本文化厅的艺术家在外研修制度，踏上远赴欧洲留学的旅程。我希望能够去看一看那片比祖父所抵达的境界更加广阔的天地，我想那是短期的海外公演所无法尽观其详的。

祖父万藏超越了我的曾祖父先代万斋，而我的目标也是成为一名超越我的父亲、我的师长万作的狂言师，以回报所学。

我将于明年 9 月回国，再次展开国内的演艺活动。不只是细川胜元，还请大家一如既往地支持狂言师野村万斋。（1994 年 9 月 9 日）

注 释

1 原文"ちりちりや、ちりちり"，狂言剧目《千鸟》中模仿鸟叫的声音。
2 铗仙会，位于日本东京都港区的能乐堂。1983 年开馆，观众席约有 200 席。
3 《当麻》与后文所提到的《葵上》皆于东京的涩谷 PARCO PART-3 上演，故称 PARCO"能 junction"（能ジャンクション）。日语中对 junction 的释义是"结合、连接、立交枢纽"，故"能 junction"近似于多形式混杂的"实验剧"。
4 原文"语り"，在狂言中，"白"的部分需要演员一人坐在舞台中央做大段的道白，或表述情节或讲述故事。这种表演形式类似相声中的"贯口"，难度很大，超越了普通念白。
5 早舞，能舞的一种。不伴谣，而使用笛、小鼓、大鼓、太鼓，以一种较为快速的拍子进行表演。一般由剧中的贵族亡灵或已成佛的女性来跳。
6 囃子，在日本的各类艺能中，使用乐器（主要为笛和打击乐器）和人声为表演、舞蹈、歌唱等所做的伴奏，其功能类似于乐队。能乐的囃子主要使用笛、小鼓、大鼓和太鼓四种乐器。
7 安可（encore），演出结束时观众喊"再来一个"，要求表演者返场。
8 bravo，观众的喝彩声，相当于"好啊"。
9 livehouse，举办小型音乐现场演出的场地。
10 新剧，明治末期，日本受西欧近现代戏剧的影响而产生的一种和传统的歌舞伎等固有的戏剧形式相抗衡的戏剧。
11 出自《哈姆雷特》第三幕第二场的台词。

12 英文歌名为 *Let It Be*。
13 指前披头士乐队成员保罗·麦卡特尼。
14 日本的正月指公历元月。
15 薪能,奈良兴福寺修二会上,为劝请诸神明而燃烧柴火、举行神事、持续上演七日的一种野外能。室町时代便已有此风俗,明治时代衰退,第二次世界大战后再次兴盛。近些年,只要是燃烧柴火、在野外上演的能就被称为薪能。
16 乱能,由专攻仕手方、胁方、狂言方、嘱子方的演员担任本专业领域外角色的一种能演出形式。
17 六狂连,全称"六大学狂言研究会联络协议会",由御茶水女子大学、共立女子大学、成城大学、东京大学、东京女子大学和早稻田大学组成的狂言研究团体。这六所大学的狂言研究皆师从和泉流野村家的狂言师。
18 原文"嚊",一般用来亲昵地或较粗俗地称呼妻子。
19 式能,仪式中表演的能乐。在江户幕府时期,召请能乐四座流派在江户城内演出包括"翁"舞蹈的五首能乐。现在指由能乐协会主办的五流派演出的五首能乐。
20 复曲,指曾经在世阿弥时代制作、上演,其后出现了中断,之后又"复活"上演的能曲目。
21 宗家,日本传统艺能中,尤其是能、歌舞伎、日本乐、日本舞等舞台艺能中,某流派内拥有最为正统、权威的艺能形式的家系所拥有的称号。
22 《六义》,能乐协会和泉流狂言师目前有 20 余名登录在案,代代宗家以及各弟子家皆保有该流派的台本,其中天理图书馆所藏《狂言六义》(通称《天理本》)为最古老的版本。收录 222 首曲,是记载了日本中世纪狂言内容的珍贵资料。在狂言的 254 首现行曲中,部分曲目自《天理本》以来有一定的内容变化,但曲目本身几乎完全延续了《天理本》,基本没有变化。
23 入婿,日本古时结婚仪式的一部分,女婿带着礼物到丈人家,饮酒行礼,丈人赠送礼物,结婚仪式才算结束。"入婿"过程中妻子并不在场。
24 鸣子,为防止鸟类和野兽践踏田地而设置的一种机关。将绳子系在垂挂的竹片上，扯动绳子便会发出响声，达到驱逐鸟兽的目的。
25 原文"やるまい会"，出自狂言表演中常用的结尾台词"やるまいぞ"，意为"跑不了啦！哪里走！"
26 1986 年。
27 一榻榻米台，能乐道具之一，木架台子，面积约一榻榻米，高约二十厘米。上蒙缎子台布，模仿山、祭坛、桥等各种实物。
28 原文"言葉、ことば、コトバ"，是同一词"语言"的汉字、平假名、片假名写法。
29 指日本第 79 任首相细川护熙。
30 按日本年忌法要，一周年忌是人死后满一年的忌日。之后，三周年忌是满两年，七周年忌是满六年，以此类推。

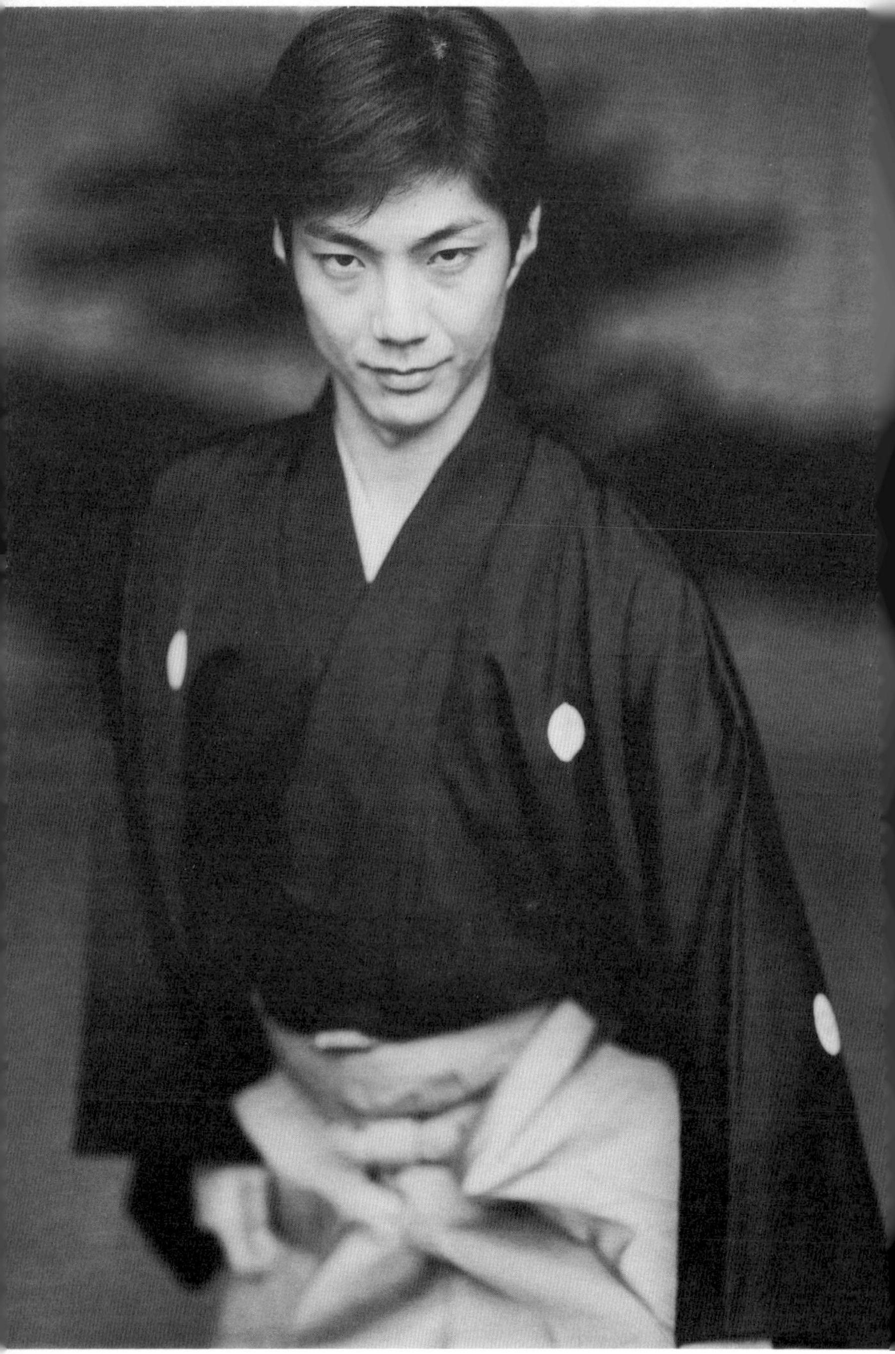

狂言
サイボーグ
Nomura Mansai

のむら
まんさい

2
狂言与「感觉」

狂言与"狂"

看到"狂言"这两个字时,总有一种严肃而粗犷的感觉。可能是因为其中有一个"狂"字吧。此外,这个"狂"还有"发狂"之意,据说代表着萨满教中的那种神灵附身的状态。

在能·狂言中,有着《翁·三番叟》这种很难称之为"戏"的仪式性剧目。表演该剧时,仕手方、狂言方的表演者各自戴上神面,代替神明跳起祈求天下安泰、国土安稳、五谷丰登的舞蹈。囃子方则单纯配合着舞蹈的旋律和节拍,向代替神明的表演者发送能量的波动。这种反复的纵向运动能够将表演者和观众引入一场疯狂的旅程。

说到底,表演的过程其实就是"发狂"的过程吧。演员化身为剧中人,将整个剧场空间引入"疯狂"的状态。但是我们能乐师、狂言师并不是通过观念和情感去引发这种"疯狂"的，而是全然依靠我们昂扬的身体。反过来讲，倘若情感和能量足够高昂，身体也一定会做出相应的反应与行动。

在英国留学时，我在皇家莎士比亚剧团（RSC）学习。在该剧团的一部作品中，有一位女演员饰演一个因未婚夫脚踩两只船而怒火中烧的角色。我在观看的时候突然意识到，这位演员即便拼命地提高音量，她的身体甚至步法却都没有表现出怒气。而我们能乐师、狂言师使用"运足"——也就是"擦足"——的节奏和强弱来表达情感。这样一来，情感的变化一定伴随着身体的变化，所以我才会期待她也有如此呈现。

为了给 RSC 回礼，我也开办了狂言的工作坊。上文中提到的那位女演员也参加了。我被她强大的身体表现能力所震惊，这么说来，她那种表演方式又是怎么回事呢？我觉得，在这方面，可能日本古典艺能和英国戏剧之间是存在差异的吧。

我在和某位舞台剧女演员对谈时，话题触及了戏剧表演和电视剧表演的区别。其中，对对方的台词做出反应的问题十分有趣。在舞台表演的世界中，我们都是和平时一样，必须在对方说话的同时做出相应的反应。但是在电视的世界里，摄影机需先给演员一个特写，然后再加上台词。这样的拍摄方式，演员就只能等对方说完台词，摄影机转到自己这边时再做反应。如果是按照舞台剧的方式去表演的话，当镜头给到自己时，就只剩下做完反应之后的表情而已了。

我在镜头前的表演经验较少，不过对于前文提到的这点，我倒是意外地没有很在意。这恐怕是因为，狂言的表演并不只是在捕捉台词的意义，更多情况是，演员需要在紧张感中去接受对方在语气、状态、抑扬顿挫等方面的全部能量，然后再去做反应。对方正在说台词的时候，我们大多保持"立姿"的状态，一动不动地宛若雕塑。换言之，这种方式能让观众将视线和意识集中到正在讲台词的人身上。这一点和电视领域的特写镜头很像。

这么一想的话，狂言和电视之间意外地存在着一些共通点。因为如果反过来，当一位以舞台为主的演员想要用表演舞台剧的方式在电视作品中表现发狂，他就很有可能会因为"反应"的时间而被弄得"发狂"了。

狂言与"眼"

在狂言中,不存在"眼睛的表演"。

从我三岁开始学习狂言起,祖父第六代万藏以及父亲万作就教育我,讲台词时要望着对方的额头,面向观众席时要径直向前看。说起来,祖父当时确实已经谢顶了,父亲也是天庭宽阔,所以当时只要告诉我"脑门上写着台词呢",年幼无知的小孩子也就稀里糊涂地相信了。

因为新剧倡导的是"现实主义",所以当然会要求演员在讲话时望着对方的眼睛,视对方为一个情感主体。我们在念白时则是对着对方的前额,也就是一个无机的存在,并且将精神集中在台词本身。我在出演《哈姆雷特》这部新剧风格的作品时,共演的女演员曾经对我说:"你不看着我的眼睛表演,我其实是有点为难的。再加上你的视线总集中在我的脑门上,更是令人不自在了。"

在能的舞台表演中，"看着某物"这种行为会被称为"用胸部去看"。即便是用眼睛去看，也不适用于坐在五六百人容量的剧场后排的观众。况且，在我们的表演中，有一个大前提就是"佩戴面具"。没有佩戴面具的情况被称为"直面"，在这一情况下，演员自己的脸就成了"面具"。面具上的眼睛自然是保持着固定视线的了，倘若要改变这个视线，就必须改变面具本身的角度。头部的角度虽然也可以变化，但是主要还是得通过上半身的动作来改变面具的角度。这样的话，动作的表达就会比较夸张。

我第一次在镜头前表演，是十八岁那年出演黑泽明导演的作品《乱》。因为我的角色是"失明少年"，所以并不需要眼睛的表演。十年之后，也就是1994年，我出演NHK电视台的大河剧《花之乱》，角色是室町幕府管领细川胜元。此人引发了"应仁之乱"，擅长权谋政术，个性冷静而又透彻。剧中的将军足利义政由市川团十郎先生扮演，可以说，这是我第一次和歌舞伎演员进行如此特别的演技切磋。给我留下最深印象的演技是市川宗家的眼部表现，这种表现被称为"驱鬼逐魔"的"睨视"。大河剧中特写的使用较多，我也意识到在这样一种影像博弈中，"眼"的表演是最为有效的一大要素，所以也偷师了以当时还健在的万屋锦之介先生为首的一众共演老师的"眼神表现"。在狂言的学习中，一切技艺都是师父万作手把手、一对一地教授给我的，在影像的世界里可就不能如此了。

一般情况下，"能乐"给人的印象是比较"静"的，在很多人的眼中，能乐的表演不是静止的，就是在缓慢地前行。事实上那并非"静止"，而是一种"暂停"的状态，当能量蓄积到顶点时，也会有极其激烈的动作。简单来说，这种"暂停"想要达到的就是一种"蓄势出击"的状态。

能乐师的身体存在于能舞台这样一个立方体之中，以地谣、囃子做背景进行动作的呈现。而当演员的面部被框在长方形的银幕或屏幕之中时，"眼"就被相对固定住了。这其实就是冷静透彻的胜元给人的感觉。每当那双眼睛动起来的时候，就说明他在图谋着一些事情。这也是将"蓄势出击"的能乐技法出色地转化成影像技术时所得到的成果。但是影像中的"眼神表现"技巧，大概是没法转化到能的表演中了。

我在影像世界里学到的技术，最终反哺的还是我在影像世界里的表演。

狂言与"鼻"

在舞台艺术中,能·狂言尤其被称为"综合艺术"。因为在戏剧性的基础上,它们还具备音乐性、舞蹈性,其面具、装束还涉及美术性。可以说,能·狂言在视觉、听觉上的属性是不可动摇的。

然而,倘若能·狂言艺术以诉诸人的五感为目标的话,那么涉及味觉、听觉的方面自然就比不上日本料理店和西餐厅了。当然,有一些剧目是以厨房为主题的,还有一些剧目会准备好食物,在开演后请观众上台享用,以这样的导演手法对远道而来的客人表达敬意……

在狂言中,有将嗅觉付诸视觉、听觉的表现方法,主要用在嗅闻美酒的表现上。演员先是假定舞台上有一个视觉上并不存在的酒壶,然后将鼻子靠近它,一边挺直上身一边鼻子用力一吸,又伴随着吐气用力一呼。全

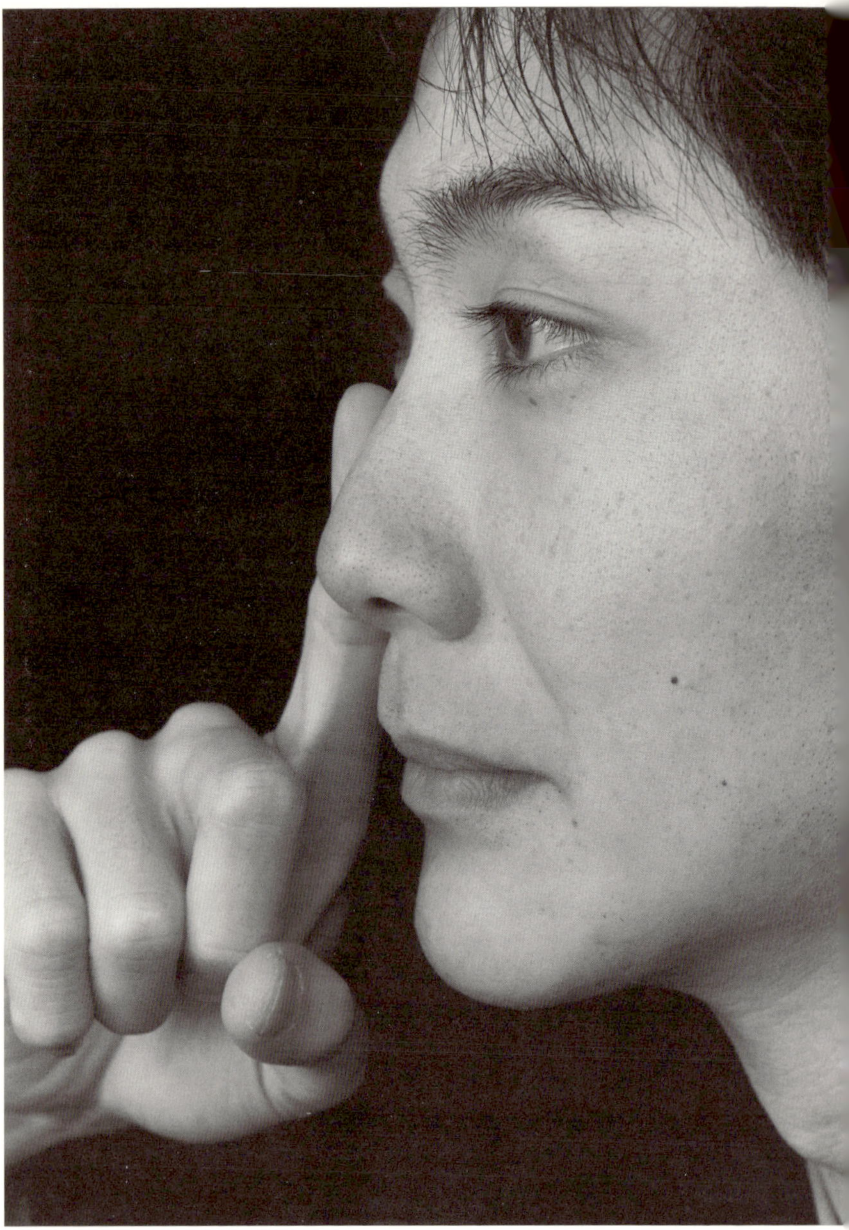

世界范围内最为流行的一出狂言剧目《棒缚》中就有这样的一幕。

近些年，狂言在能乐堂之外的演出逐渐增多，在一般剧场演出的情况也比较多见，但这些场地空气相对干燥，尘土气也较重，所以在表现嗅闻酒香的时候嗓子会非常干涩。自己感觉闻到的酒一定非常难喝，但是又不得不欺骗观众，表现出酒香扑鼻时的状态。

在狂言中，很多剧目都是以酒为主题的：偷酒的《棒缚》、烂醉如泥倒卧路旁的《恶太郎》、在运货途中将酒喝光的《木六驮》、因醉酒而快活不已的《素袄落》等等。其中被歌舞伎借鉴的杰作也不在少数。想要做狂言师，恐怕酒量就不能太差吧。我的祖父第六代野村万藏曾经一边打趣说"我以后可再也不喝酒了哦"，一边大声笑着痛饮美酒。

在狂言中，醉酒的表现方式有很多种，但大抵是喝个三大杯就醉了。喝第一杯时，演员会说"猛地一杯下肚，记不住什么味道"；喝到第二杯，品出了酒味；到了第三杯，又觉得停到"这个杯数不太合适"，硬要接着喝，于是打着酒嗝陷入醉酒的状态。祖父万藏十分擅长表现醉酒。一杯、两杯下肚，脸色也会随之泛红，谢了顶的脑袋上还仿佛腾着热气。他的表演甚至能让舞台上泛起美酒的香气，当时的我年幼童真，感觉这酒一定是种美味无比的东西。演出中，就连观众们也陶醉在四溢的酒香中。近些年，我也开始接触以酒为主题的狂言剧目了。虽然我天生肤色较白，表现脸色因喝酒上头而泛红比较容易，但是想要到达表现"酒香四溢"的程度，还有很长的路要走。

大概是性格使然吧，我比较偏爱表现一些性格开朗的角色。我父亲近些年则比较倾向于表现一些艰涩深奥、有点凄凉的男性角色。这其中当然有年龄方面的原因，不过，我发现这些角色大多是穿着粗布外褂的劳动者。总的来说，父亲十分崇拜人称"江户前狂言"的我的祖父万藏，同时，他的表演也展现出了我的曾祖父初代万斋、祖父的弟弟第九代三宅藤九郎以及剧团民艺的宇野重吉的神韵。

"程式"其实是另一个层次的写实。舞台上的粗布外褂并不只是服装，它也是角色一直穿在身上，在每日的工作中沾染着汗水、尘土的衣服。从它身上，我们能够看出一个角色的人生理念和生活气息。那不单是视觉上所感受到的色彩，它还是一种诉诸味觉与嗅觉

（鼻）的艺术。这可能也是世阿弥所谓"真正之花"的内核吧。不知道在未来，我会不会有窥得其真髓的一天呢？

狂言与"哂嘴"

我眼下（1998）正在为某啤酒公司的产品代言，并出演了广告。之前我虽然偶尔会出现在两三家企业的纸媒广告中，但是上一次出演电视广告已经是十年之前了。

过去，我曾在某时尚百货店的形象广告中出场。广告内容其实没什么特别的，就是我穿着野村家名物——绘有蜻蜓花纹的肩衣——在表演狂言《千鸟》。接下来屏幕上出现"吾乃凡人是也"的广告文案，然后我发出狂言表演中独具特色的大笑。

此次的啤酒广告是有具体对应的商品的，所以狂言师野村万斋和这种啤酒的形象的融合十分重要。广告里实际也包含了我在喝啤酒的画面。但是我所代言的这款啤酒是最新商品，还没有开始铺货贩卖，所以广告开拍前，我先拿到了两罐试饮产品。

在狂言的世界中，以酒为主题是非常常见的，而且有不少狂言师都是嗜酒人士。同时，狂言还是一门单纯使用声音和身体来表演的"徒手之艺"，可谓是种体力劳动了，所以演出后会极为口渴。不过，大家到这关口还不会马上去喝太多水，而是会忍到能喝酒的时候。尤其是在夏季，终于喝到那一口啤酒时，感觉连眼角眉梢都一阵酥麻。那一瞬间，全身的紧张感一并放松了下来，真是极致的幸福。

在我们这一门以父亲为代表的"江户前狂言"中，所有成员酒量都很大，没有一个是喝不了酒的。在地方公演结束后的庆功宴上，大家先是喝啤酒润润嗓子，等心情舒缓之后，便开始选择自己喜欢的酒品，日本酒、烧酒、红酒、威士忌、利口酒等。我则会根据菜品、时间、地点、场合等的不同去选择不同的饮品，但不管选择了哪一种，一开始大抵还是会喝啤酒。不过或许是因为我母亲酒量不好吧，一门之中我算是酒量很小的一个了。

狂言中的饮酒方式非常豪爽，将扇子或桶盖当作杯子，不断地灌酒进肚。为了不让酒溢出去，还会伸嘴到

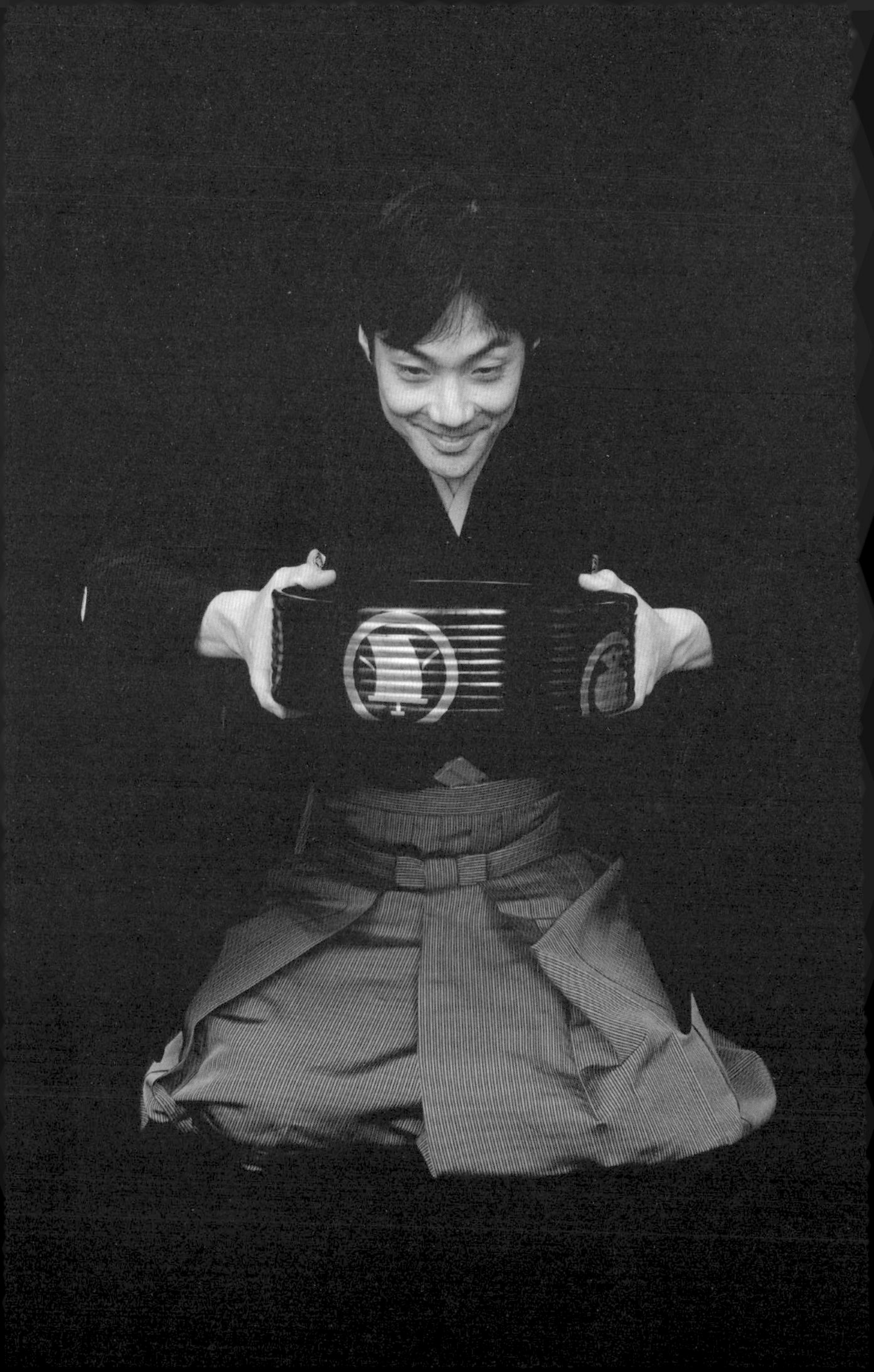

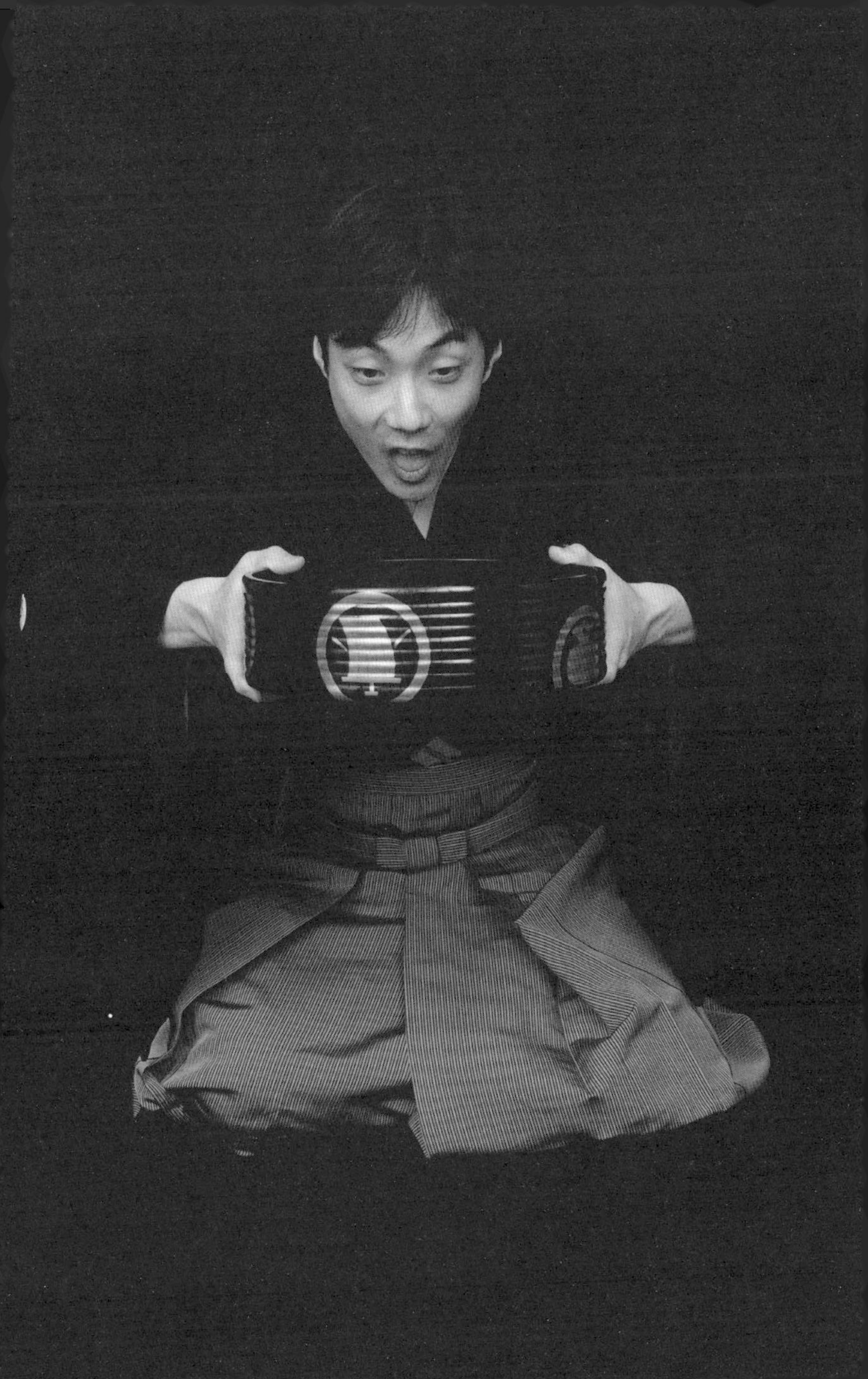

杯沿，摇晃着抬起酒杯一饮而尽，当下发出咂嘴声。这个声音是舌头抵住上颚发出的"铛"的一声响。接下来又马上大大呼一口气，叹道："哎呀哎呀这可真是好酒呀！"

这个"咂嘴"意外地很难做好。若只是将舌尖抵住上颚的话，发出的声音会比较高，感觉音色有些轻飘飘的。所以必须尽量扩大舌头抵住上颚的面积，从而发出低沉醇厚的声音。再怎么说，狂言中喝到的酒都是香醇无比的日本酒呀。不过，在以雪为主要背景的狂言《木六驮》和《恶太郎》的表演中，喝第一杯的时候是不会发出咂嘴声的，因为角色会说"猛地一杯下肚，记不住什么味道"。这也是在为再喝一杯埋下伏笔。因为紧接着对方会劝酒道，"那就再喝一杯，就能喝出滋味了"。

在拍摄啤酒广告的前一晚，我喝下了那两罐试饮装的啤酒。这啤酒就是按照狂言表演中的饮酒方法，痛饮一大口咽下的。"咕噜咕噜"，接下来，该不该"咂嘴"呢？倘若这几天晚上您偶尔打开电视，想必就能听到那种比狂言中还要高亢有力的咂嘴声了。

狂言与"言"

狂言的"狂"字,乃是从艺能性和戏剧性的层面展现狂言高昂明晰的"疯狂"。"狂言"的"言"字则指"语言",也就是说,狂言乃是一种科白剧。

此外,狂言还属于科白剧之中主要以两位登场人物的对话为核心的一种类型。这种你抛我接的对话形式同段子、漫才有共通点。狂言的这一特点也常被拿来和第一人称的歌谣剧——能——做比较。

能舞台上的"语言",分为"话""白""谣"三种。所谓"话",指演员讲的是一些以"～是也""～之所在也""～也"等结尾的口语体的语言。"白"使用以"～候"为代表的候文[1],是文言体的语言。"谣"则是将语言升华到了音乐层面的一种形式。

狂言的台词并不使用室町时代的语言。在当时,狂言的剧目只是大致确定一个故事和结尾,多半都是即兴表演。到了江户时代,狂言的剧本开始逐渐成形,而狂言本身作为当时的一种现代剧,其台词固定使用当时的口语"~是也"。接下来,它便随着时间的推移,走上了向古典剧发展的道路。

"白"与"谣"这两者虽然是能和狂言的共通技法,但狂言中的"白"是活着的人从第三者的角度去讲述现实。能中的"白"与"谣"则大多是亡魂或精灵在非现实世界中进行的一种自我抒情。此外,狂言中的"谣"一般以室町时代的流行歌谣为基础,所以也包含不少含义不清的童谣。

"话"几乎可以算是狂言的独家专利了,能的表演中很少会像狂言中那样进行一些十分日常的对话。当然,在能的"现在物"[2]剧目《安宅》中,以弁庆和富樫等为代表的人物是会使用日常口语的,但用的也并不是狂言的那种说话方式,而是通过"白"和"谣"进行表达。

若是将这些表现手法翻译成英语,能否直译出"话"和"白"这两种行为呢?还有,"谣"又要怎么翻译呢……很遗憾,我觉得似乎很难用 singing 这个词去匹配"谣"。这是因为,唱诵"谣"和英语里的 singing 这个行为其实并不一样。

"唱歌"这种 singing 的行为，一般是将重点放在声音的抑扬上，而将"白"进行"音乐性"升华的"谣"则更重视声音的强弱，也就是气息的运用。所以也可以说是一种类似"打击乐"的唱法。想来，其实能乐的囃子中占主要部分的就是大鼓、小鼓、太鼓等打击乐。其中的"笛"虽然本身是主攻旋律的乐器，但在能中还是按打击乐的方式演奏，不会抢夺"谣"的存在感。一切分工都紧密配合，聚集成一个巨大的波动。所以，击鼓时演奏者会发出"哟！嚯！"的应和声。而在"唱歌"时，会有指挥家担任司令官，挥动指挥棒，率领大型旋律乐器集团——管弦乐队——和"歌唱"进行对抗。可以说二者的状态是大相径庭的。如果硬要用英文去解释"谣"的话，也只能用 storytelling[3] 这个词吧。

"谣"唱得不够好，就成了"歌"。如果音色过于低沉，会感受不到气息。每当我一味地追随音律，就会唱出非常难听的"谣"。这时师父万作就会纠正我："你这是在哼，听着像在唱歌一样。"

关于这一点，父亲曾经引用名优森繁久弥的一句话："台词要说得仿若在唱，歌则要唱得仿若在说。"

注 释

1 候文,文言文的一种,多用于书简。
2 现在物,能乐的一种类型。主角为现实生活中的人,与幽灵登场的梦幻能相对。
3 storytelling,讲故事。

狂言与"耳"

耳朵,可以说是人身上比较不起眼的一个器官了。

化装的时候,我们会涂抹额头、眼、鼻、口,一直到脖子,但是却不会顾及耳朵。专攻舞踏[1]的舞踏手们在光头上涂白的时候,倒是也会把耳朵一并涂白……不过在"无耳芳一"流传的时代,耳朵估计真的是会被人忽略的存在。

狂言台词的练习由老师带着徒弟一对一进行,类似练习外语口语,通过"口传",也就是"口头传授"来完成。师父先做示范,徒弟则完全复制师父的示范,也就是所谓的"跟我念"。那么,徒弟都需要"复制"些什么呢?包括声音、口部的开合方式、发音、发声方式、动作以及在场上所释放的能量等。

"声音"是由多种要素组成的,除了强弱、高低、长短之外,还要加入节奏、韵味等。这些元素的组合经过复杂的处理，发展成声音、单词、成语、段落、文字、文章。俗话所说的"棒读"[2]，其实就是没能处理好这一复杂的组合结构，而只能用一种方式去表达。越是出色的演员，越能巧妙地变换这些组合方式，展开丰富的语言博弈。

在我幼年，师父通过"口头传授"的方式教我狂言时，所传授的其实并非现实的情感和意义，而是各种声音组合的类型。要将这些类型，也就是"程式"扎实习得，再去着手背诵具有现实意义的台词。只要能够出色地将各种类型真正融入自己的身体，自然不会出现"棒读"的情况，甚至尝试"棒读"都会产生生理厌恶。如果想令自己的台词更加出色，就要明辨示范者发出的"声音"，养成一对能够解析出其"声音"组合的耳朵。

"谣"和"语"之间还有"白"这样的手法。"白"需细致紧密地安排声音的组合，因此也就产生了与其相关的程式。原本日语在日常会话中包含着丰富的抑扬顿挫，所以"白"的文化十分兴盛。现在日语的音调变得比较平，所以，要挖掘"白"的技巧，就只能在能演出中狂言师讲述该能剧目的故事，也就是在"间狂言"等传统艺能里寻得其踪影了。

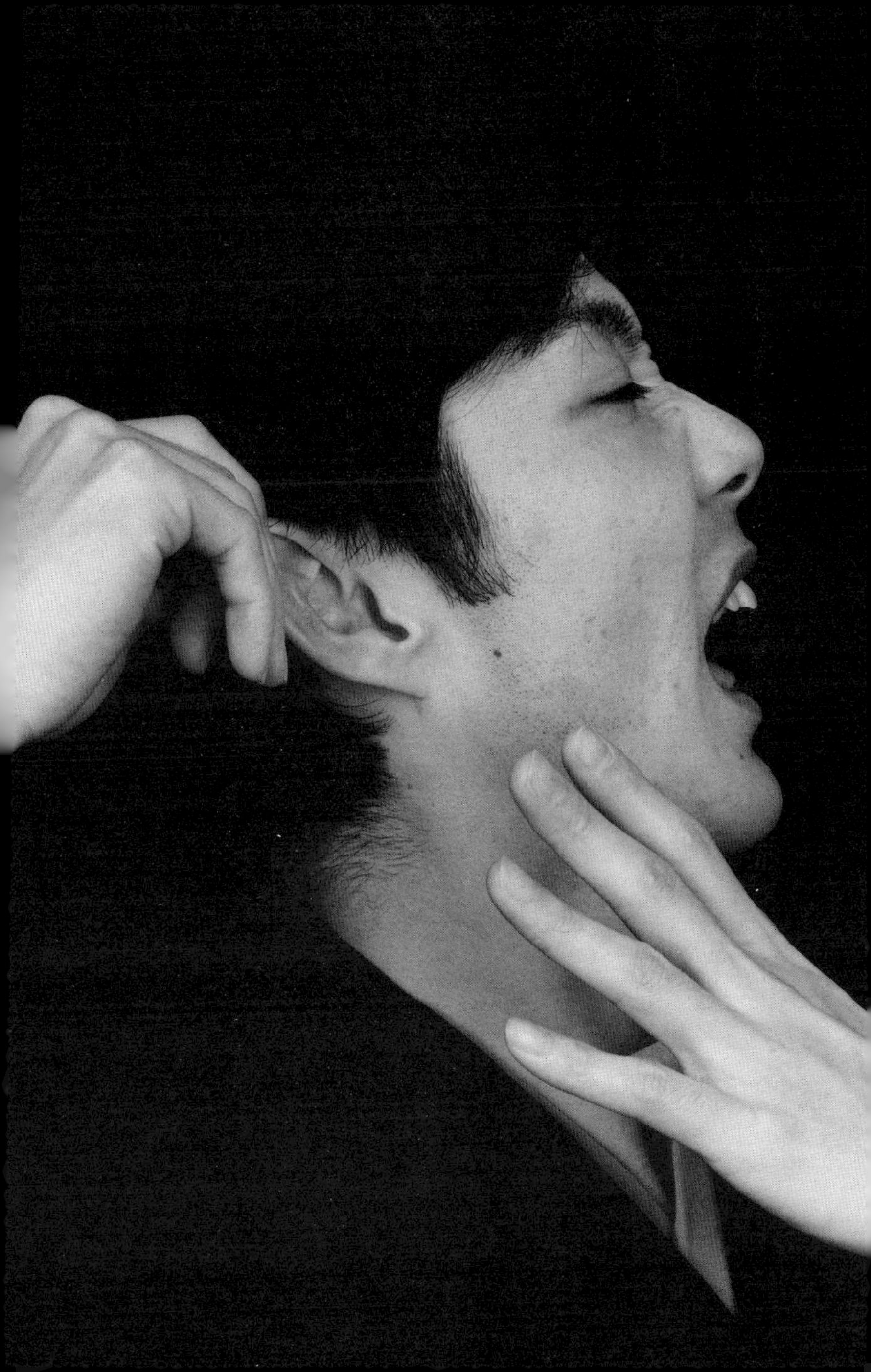

在我曾留学一年的英国，存在着以莎士比亚为首的"白"文化。《哈姆雷特》中包含的那些著名独白其实就是"白"。尤其是在以程式性的韵文写就的文章之中，台词的程式性、音乐性更是不可或缺的存在。在英国，且不论一个演员的演技是优秀还是蹩脚，倘若他在台词的抑扬顿挫上已有失误，那么光是这一点就会被剧评人猛批了。在英国，戏剧演出的客人并非传统的观众，而是听众。"白"其实就是通过听觉，出色地将情境展现在观众们眼前，达成一种从听觉到视觉的转换。然而现如今，电视、影像文化的兴盛发达将一切都十分具体地从视觉到视觉地呈现，所以现在"白"文化正在与我们渐行渐远。当代人更倾向于"百闻不如一见"，"听闻后进行想象"的这种追求想象空间的文化正在逐渐消亡。对于我们这样的"讲述者"来说，这是很令人痛心的一件事。

注　释

1　舞踏，又称"暗黑舞踏"，现代舞的一种形式，由日本舞蹈家土方巽和大野一雄创立于二战后。舞者通常全身赤裸并涂满白粉，表演中常包含呐喊、扭曲、蟹足等元素。
2　原文"棒読み"，指不分语句、不加抑扬顿挫地以一种语调朗读。

狂言与"声"

曾听闻"一声二颜三姿"这样一句话。似乎这是歌舞伎等领域评赏演员时的一个基准。

头戴面具的能和以"吾乃居住于此附近之人"自报家门开始表演的狂言,这两者的演员都不需要什么美男。只要形容规整,不至于差到无法登台的程度即可。比起长相,能·狂言的演员从打基础的时候就被灌输了"舞"和"歌"的重要性,可以说在这个世界里,"声音"和"姿态"是并重的。

狂言以"谣"和"舞"为基础,又由"台词"和"动作"构成。其中"台词"的部分需要"强调加重第二个字",所以每一句话的第二个音节的发音都会增强。这是为了营造出高低抑扬的音乐性。这种音乐性和伶俐流畅的口齿相辅相成,从而产生了"优美、清晰的日语"。

狂言师常对自己说日语时那响亮而动听的嗓音很有信心，甚至有不少人自诩为"说日语的专家"。

近些年，日语中逐渐丧失抑扬顿挫，日趋平面化，随之而来的是语速的逐渐加快。语汇的使用量也急速降低，语言开始向符号化、信息至上主义趋近，人们的"语感"正在衰退。"辣妹语"[1]就是一个突出的代表。可以说，目前的趋势和狂言所追求的日语是南辕北辙的。

师父野村万作曾叹道：过去日本是有"诵读"这门课程的，在学校教育中，存在着将日语读出声音再去聆听的一环。而在依赖视觉呈现的时代，不让人阅读文字而直接对其进行讲述，是非常困难的一件事。

这也正是"发声"的用武之地。为了以声音来呈现形象，从而使难以理解的日语为人所感知，才更要善用"语感"。声音需要有存在感、现实感。语言的音乐性自不必说，为了达到这种音乐性，气息的运用也非常重要。能的世界里有"开合"这种说法，指的是一种"蓄积气息，放出气息"的呼吸方法。这种呼吸法在说话时同样用得上。

我祖父第六代野村万藏在其著述中曾介绍过能乐界的"难声之妙"。美声者会陶醉在自己的美妙音色之中，从而一心只想依赖自己的天资。这样一来，他便会忘记去磨炼技术，声音也会显得没有主干。而声音难听的人反而会用功磨炼自己的技术，从而打造出主干清晰、悦耳美妙的好声音。这个例子讲的其实就是声音和语言的存在感、现实感。

话又说回来，我究竟算声音好听还是难听呢？旁人常说我的声音低沉粗重，和我的长相不符。不过这都无所谓。只要我的声音能够打动观众的心就好。

或许是近期出演了电视节目的缘故吧，在外旅行的途中，常出现在店里用餐时被人认出来的情况。据说，我一进门，店里的人马上就会注意到我的站姿，觉得这个人仿佛后背竖了把尺子一样站得笔直。看脸，也觉得好像在哪儿见过。不过不太敢肯定。或者感觉应该不会来这儿吃饭才对。一边带着怀疑，一边准备点单——

啊，听到声音的一瞬间，所有人都确信这个人是野村万斋了。我想，这就是所谓的"一声二颜三姿"吧。

注　释

1　原文"コギャル"，流行于20世纪90年代的用语，指女高中生等较年轻的女性，尤其是染了茶色头发、校服裙改得较短、穿堆堆袜的女性。

狂言与汉字

在美国纽约,活跃着一个名叫"蓝人秀"的表演组合。他们也出演过日本的计算机广告,三个全身涂成蓝色的男性扛着一个小型电光告示牌。这个广告将三人设定成外星人,他们无法直接发声,所以这个告示牌会代替三个人说话。

受到他们表演的影响,我开始进行尝试,策划了一个系列公演——"电光告示狂言"。我赋予电光告示牌人格,为他起名"Keiji"[1]。Keiji会解释一些难懂的台词,有时还会直接同观众搭话,炒热气氛。

"我想将狂言塑造成一场热血沸腾的狂欢。"

"和观众硬讲大道理的演出是无趣的。"

我想要追求那种超越戏剧的艺能形式,于是开始反复进行尝试。通过这些演出,我再次认识到,我们平时不经意间使用的一些汉字和狂言之间的相合性是多么高。

比如，在演出狂言剧目《柿山伏》时可以这样设计：将电光告示牌排列在舞台上，告示牌上显示出"柿"这个字。通过显示板，令"柿"的汉字不断闪光并结出果实，演员则摘下柿子吃掉。

在一般的狂言演出中，就只是在一个什么都没有的环境里表现摘柿子和吃柿子。但如果变成从告示板上摘下文字"柿"并吃掉，那么就可以这样设计："柿"字的旁部"市"会"咻"地消失，告示板上只剩下"柿"字的偏部"木"。也就是说，它能够为观众呈现出果实被摘走后，只剩下空落落的枝干这样一种有趣的效果。

说到底，文字只不过是传递信息的一种无机手段，所以同时也颇具"数字化"特征。比如，我曾经尝试过这样一种好玩的手法：用橙色去展示满屏的"柿"字，但却将其中一个"柿"字有意改成绿色，并让演员摘下这个绿色的柿子吃掉——显然，这是颗涩柿子。

当"柿"字以橙色呈现在告示板上时，观众会很放心，但此时突然出现了一个绿色的"柿"字，这种颜色就会在观众的观感中加入"这得多涩口哇""这颗还没熟呢"的情绪。这种构思也能够和狂言的"型"产生关联。

简单说来,狂言的"型"其实也和文字一样,是传递信息的一种无机手段。狂言师需要对这种手段进行编排和展现,才能令观众产生丰富的想象与联想。在汉字中,偏旁的自由组合导致了字义的变化。狂言"型"的编排也是一样。比如,偏部就好似狂言中的太郎冠者。汉字里有各种各样的字,狂言里也有各种各样的曲目。其中既有酩酊大醉的太郎冠者,也有偷奸耍滑的太郎冠者,当然还有头脑聪慧的太郎冠者。这样一想,或许您就能明白狂言的"型"究竟是一个什么样的存在了吧。

如果在狂言中掺入原本并不惯用的元素,那就有可能毁掉狂言这门艺能,但是汉字并不会成为其阻碍。将一些逗笑的文字呈现在告示板上,文字也只是作为一种"无机"的信息呈现在观众眼前。

文字还能让观众从座位上站起身、鼓掌,甚至欢呼。在"电光告示狂言"的演出中,舞台侧面控制字幕的工作人员会一边观察观众们的反应,一边找准合适的时机,将事先编排好的文字展示出来。比如,当现场声音很小的时候,字幕就会即刻出现"声音太小了吧"的文字来吐槽。

正如操作这个字幕的人一般,狂言师也会根据观众们的反应来切换身体的各项"开关",使其在各种"型"之间转换。仅凭"数字化"这种无机的东西是无法扩展观众的想象空间的。字幕也是由人来操作的,他们根据不同情况展示出符合情境的字幕。如果和电影字幕一样,在一场时长三十分钟的狂言中,全自动地为具体场面配固定字幕,岂不是和舞台说明没什么区别了吗?

让观众全身心都做出反应,而不仅仅局限于头脑,这才是狂言的魅力。狂言师在表演时只将自己的个人情感原封不动地传达给观众是不行的,他还需要将故事中人物的存在提示给观众。

以一种"数字化"的方式先将一种"型"抛出来,再根据观众的反应展现出其他的"型"。包含古典艺能这一类别在内,日本文化中存在着这种客观和冷静。

与之相对,当今日本电视剧中的思考围绕的都是某一个人所见的主观世界。在这样的思维模式下,《源氏物语》和《平家物语》也被改成了那种情节剧。尤其是"我感到悲伤,我要如何向观众传达我的这种悲伤呢?"这类表现方法,已经成为日本现代剧的一个分支了。但类似《平家物语》这种叙事体的故事,它的视点其实在

"天"上。它是从超越了个人的"天"的角度俯瞰世俗的一部作品。

我认为,我们应该使这一类日本古典艺能的本质与舞台呈现相符合。从这层意义上看,电光告示牌这种脱离了传统观演关系,将客人带动起来的手段,也可以称得上是担任了"领航者"的角色吧。

注 释

1　音同日语中的"揭示",意为"告示"。

狂言
サイボーグ

Nomura Mansai

のむら
まんさい

吾乃万斎 編年史

1995–2000

万斋袭名始末

去年春天我所袭"万斋"之名，曾是我的曾祖父第五代野村万造的隐居名。曾祖父于文久二年（1862）生于金泽，明治十六年（1883）前往东京。大正十一年（1922），他的长子万作（我祖父第六代野村万藏）继承其业，他则以"万斋"做了隐居名。昭和十三年（1938）去世。我自然是从未见过曾祖父的，只有父亲一人勉强算是直接继承了他的些许技艺，从整个能乐界来看，也罕有人还记得曾祖父在舞台上的模样了。我无法揣度曾祖父的艺术风格，但是若用最简单的方法去讲解这位已经辞世五十余年的狂言师，可以说，他是铸造了当今东京和泉流狂言之根基的人。祖父、父亲、叔父和我自不必说，曾祖父的次子万介继承了三宅藤九郎的家系，其子则继承了和泉家系，这些家系中的所有成员身上都流淌着曾祖父的血脉。从这一点来看，我所袭"万斋"之名，真是重如泰山。所以我自身也非常紧张惶恐。我这个人，天性中其实很不愿被这类压力所束缚。有父亲的庇荫已经足够，事到如今，我也并无意再度将曾祖父早已沉寂了半个世纪的荣光拉到世人面前，仰其恩泽。父亲有他的执着，那就是通过自己的努力去培育、灌溉"万作"之名，所以他并无意袭名"万斋"。我个人本来也希望像父亲那样，培养一个属于自己的名字。从这层意义上说，"万斋"一名本身就颇有来历，而对曾祖父及其名仍有记忆的客人也比较少，"万斋"二字会略给人有些老气的印象。不过，日本有很多艺术家，比如北斋[1]等等，都会使用"斋"字，我反倒一直对这个字所闪耀的那种艺术家气质十分憧憬，所以非常荣幸而愉快地袭名了"万斋"。

赴英留学一年后归国，在此次袭名公演中，我想通过"告知"袭名一事更具体地告诉大家，我的"初心"之源是"狂言气质"。英国属于岛国，有着往昔大英帝国厚重的传统及傲骨，是一个十分保守的国家，和日本的相似点也非常多。这两个国家极大的不同之处在于，英国人不会因为一件事物是"新奇的、少见的"，就对它高看一眼。如果他从本质上不认同它，就会对其极为冷淡。但是，倘若这个事物比他本国的文化或者比他本人优秀，他也会十分大方地承认它。事实上，当我能稍微讲些英语，还能在实际的狂言表演中掺杂着相关的英语介绍和说明之后，我的朋友圈就开始加速地扩大开来。用自己的语言去解释狂言的定义，并将它们转换成英国人能听懂的英语，这项工作对于我来说是很难的。但是，通过这种做法去聆听对方在狂言介绍后的反馈，这和探索狂言的本质其实有着相同的意义。凝练的舞台装置、灯光，极力减少的音响，可以称得上是极简主义的、空无一物的舞台。在这个舞台上，声音与身体的存在感，与其说是艺术，不如说是艺能的那种专注力（能量）的释放，喜剧化的人性赞歌所闪耀的那种开朗与光明，发散性，还有角色的人格魅力……狂言具备了以上的所有。而这也正是我的曾祖父万斋、祖父万藏所传下来的"正直之艺"，同时我也体会到，这正是以"江户前狂言"为名蓬勃发展，而与权威一向无缘的实力派野村家系的传统。在英国，我不只学习了导演技巧的相关内容，同时还观察到，"狂言气质"的那种强有力的存在有极大一部分都背负在表演者身上。不论导演做出怎样的设计，倘若最终进行表演的"野村万斋"没有狂言所需的强大能量，那么这出狂言本身就会显得十分羸弱。当然，我在英国学到了在导演的基础上纵观全局的客观性和即时传递的信息性，我也希望这些能够帮助我进一步下苦功去研究狂言在现代社会要如何存续。在英国学到的知识也大大地扩展了我的想象空间。不过，我认为导演和表演这二者的区别是表现狂言的一个最重要的关键点。我希望能从"心、技、体"三个方面努力，也就是清净内心、磨炼技艺、强健体魄，以健康的体态登上舞台。我希望自己能够成为一个在"三间四方"的舞台上"凛然而立"的狂言师。（摘自《万斋袭名披露公演》场刊，1995年10月7日）

吾乃万斋 XV

托大家的福，从英国归来后，我顺利地完成了各地的袭名披露公演，之后马不停蹄地又是新作狂言《梅之木》《取瘤》的导演和取材工作，可以说，一眨眼我就从悠闲的英国节奏转换到了令人眼花缭乱的日本节奏。此次是"狂言是也座"时隔一年半后的公演，我感觉自己也终于回到了一名狂言师的本来生活。不过有时候，一些猜谜节目还是会错把我当成艺人……

袭名、英国留学、袭名披露公演，我一步一个脚印地走了过来，如今已经年届三十。十来岁和二十来岁的时候，我总会在聚会的场合打趣年长的女性，现在我也到了被打趣的年纪，可以说是"因果报应"喽。不过在狂言这门艺术中，我还有很长的路要走。这可真是太令我期待了！因为随着年龄的增长，我终于可以开始挑战一些内涵较深的角色了。此次我在《清水座头》中出演的角色就不是年轻演员能够胜任的，在《川上》中我也同样扮演了"座头"。这一类角色是父亲比较拿手的。在诠释这种角色的时候，不能只是一味地"发散"，还必须有一定"吸引力"。这种角色身上不但有太郎冠者那种强韧的气质，还需要狂言师在塑造的时候明晰地表现出"盲目"这一类负面因素。不论《川上》还是《清水座头》，都是独属和泉流的曲目，也一向是以父子兄弟携手共演为卖点的重要曲目。将此曲掌握并练习到拿手的境地，对于狂言传统的保护与继承也是极为重要的。

我这是第二次扮演《止动方角》的太郎冠者了，但是由父亲饰演主人一角还是头一回。这部作品的表演堪称经典，简直就是狂言典范。最开始我在这部作品中扮演"马"，接下来扮演"主人"，然后随着一年年技艺的增加，又逐渐得以扮演其中的"太郎冠者""伯父"等等。也正是在古典艺能的演出中，方能体会到那种每次扮演不同角色的乐趣。

站在三十岁的起跑线上回顾过去的十年，我为自己经历了很多事情、积累了不少经验而感到开心。我参与了前卫剧（PARCO"能 junction"）、莎士比亚戏剧（《哈姆雷特》《暴风雨》）、广播剧（《唱着歌前往巴比伦》）、电视剧（《华之乱》）、音乐讨论（《月迷皮埃罗》《竹取物语》）、新作狂言（《彦市故事》《法螺侍》《梅之木》《取瘤》）、外语剧（《俊宽》《隅田川》）的演出，还去英国留了学。但是我还是无法感到满足，还想要再游乐下去——并非要没头没脑地游乐，而是希望自己站稳脚跟地去游乐。接下来，该到确立个人风格的时候了。9月，我演出了《花子》，相当于提交了一份修习狂言的研究生毕业论文。这首曲目的内容是关于"出轨"的,对于我来说可算是一大难题了。我希望自己进入三十岁后,身上也能够逐渐具备一些展现人生中微妙点滴的技巧。(选自"狂言是也座"场刊,1996年4月26日)

吾乃万斋 XVI

十分感谢诸位本日前来"狂言是也座"观看我的《花子》披露公演。我内心也颇为感慨,自己也终于到了演出《花子》的一天了。

我按《三番叟》《奈须与市语》《钓狐》这样的顺序进行披露演出,这几出曲目各有各的难攻之处,我在排演的同时也感受到了学习新技艺的乐趣。但是《花子》本身又和这几出曲不同,它十分"深奥"。剧本中描写人物的那些文字,单凭技术是无法解决的。在反复的阅读中,我逐渐对男主角产生了亲近感。在表演此剧时,并不能通过狂言的所谓单纯化、夸张化的角色类型表现手段去诠释这个角色,演员必须能够展现角色复杂的心理,还须具备构筑这种心理的架构能力。此外,和游女花子偷情这样一个情色题材，也从另一侧面展现了此曲目的特殊性。

同时，它在古典层面也称得上是一部优秀作品。对人的描写和对性的表现，是通过一定的迂回形式诠释出来的，也就是说，绝非简简单单就能诠释好的。此外，角色的定位也非常重要。主角绝不是个普通的渣男，表演时不可破坏他的气质、品位，要令其能够在曲调难度极高的歌谣（梦境）和台词（现实）之间自由穿梭。我想，这也正是它身居大曲、难曲之位的原因吧。在过去，对性的表现本来就很严谨，从不致过于露骨的层面上看，强调主角的品位就显得很必要了。而在当代，通过表演来展现角色的品格之优，使其不偏向对性的表现，从而将整部作品诠释得更具人性、更加有血有肉，我认为是很有必要的。

在大家观看我的表演前，我不希望向大家灌输太多先入为主的观念。人们常说《花子》的主角是个"妻管严"，但果真如此吗？歌舞伎的《替身坐禅》更是进一步强调了《花子》的这方面内容。但其实这个男人说不定是个女性主义者，也说不定是个苦恼于现实（妻子）和梦境（花子）的浪漫主义者呢？他受现实樊笼的束缚，所以才做了一个无忧无虑地放任嬉戏的梦吧。这一点和我自身的"代表现实的日本和恍如梦境般的英国留学生活"重叠在了一起。此外，我认为主角的妻子也不是一个嫉妒狂。正是因为她是个真实的人，是一个需要努力生活下去的人，所以她才会对"独自一人逃避到梦境之中"的丈夫产生戒备，不是吗？

父亲"披露"此曲是在二十八岁。他当时新婚刚满一月就表演起这种出轨题材的剧目了。而我如今已年过三十，也组建了自己的家庭。我一直希望自己年岁更大一些再"披露"此曲，不过我认为，从"技艺传承"的区间角度来看，现在"披露"此曲正合适，也非常有意义。我的想法也得到了师父的同意。从英国留学归来至今也满一年了。在回国前的最后一晚，我在伦敦莎士比亚环球剧院做完狂言工作坊后，和大家一起在泰晤士河边的一家酒吧喝起了黑啤。河川之下，一轮巨大的满月徐徐升上圣保罗大教堂的尖顶，成为长留在我心间的"残月"。和《花子》一样，那是美梦终结、夏日终结的"残月"。

拍摄电视剧《花之乱》已经是两年前的事了，从那时到现在，我积攒的各色经验也到了该开花结果的时候，应该可以检验这两年的学习成果了。我也期待着进入三十岁后自己的表现。接下来的日子,诉诸技艺的要求会越发增多,我也希望观众能多多要求我。与此同时,为了报答那些给了我表演机会的客人,我也希望能将内心涌动的所思所感尽全力展现出来。此时此刻,我想要坚实地立足现实,怀揣希望的梦想,将未来紧握在手中。我想尝试的挑战还有很多很多。今后还请大家一如既往,多多支持、多多鞭策!(1996 年 9 月 15 日)

吾乃万斋 XVII

继上一次"披露"《花子》后,此次我将挑战太郎冠者的难曲《木六驮》。这首曲目不同于《钓狐》《花子》这一类程式性极强的、狂言修习"毕业论文"一般的作品。在这出欢快的狂言中,最活跃的是植根于生活情感的太郎冠者。

从 1994 年秋天到 1995 年夏天,这一年的留学时间,我观看了百部以上的戏剧、电影、歌剧、芭蕾等艺术作品。每种艺术类型都有它独特的苦思与妙想,以它的方式引发着观众的兴趣。随着时间的推移,其中大部分的作品,包括作品的导演和演员都被我逐渐淡忘了,但是有一部作品我无论如何都不会忘记。它的出现颠覆了我的戏剧观,甚至狂言观,我为能遇到这样一部作品而感到惊喜、感到快乐。单是看到这一部作品,我这一年的留学生活就没有虚度。它就是合拍剧团的作品《露西·卡布罗尔的三种人生》。要向没有看过这部作品的观众传达观看时的那种感动真的非常困难,但我觉得这出剧在很多地方都和狂言十分相似,可以说是将我的理想世界具象化了的一部作品。"无即是有"指的就是这样一回事吧。该作品以贫苦的农家为故事背景,在舞台上,演员们通过自己的声音和身体展现出超越现实存在的家畜、果树,令观众们产生了坐在一户农宅之中的错觉。观众们看到剧中人略有不堪但坚强无比地生活着,却又不知从何处透露着悲伤的气息。将不同事物摆在同一条基准线上进行比较是很困难的一件事,但是在观看这出戏的时候,我对有六百年历史的狂言所怀着的骄傲竟变得无比脆弱、不堪一击。

《木六驮》中也有肉眼看不见的十二头牛出现在舞台上。雪中的太郎冠者就赶着这十二头牛。据说,我祖父万藏在表演这一幕时，台下的观众真的看到能舞台上有十二头走在大雪中的牛。时至今日，我已无法目睹祖父的这段表演了，但我想，这就是世界级的表演水平吧！前些天我观看了俄罗斯米哈伊洛夫斯基剧院芭蕾舞团的《天鹅湖》，他们的天鹅之舞也十分美妙。当时，我的确在舞台上看到了浮在湖面上的天鹅。

我常关注当下的、世界水准的一些事物，尤其提倡"呼吸现代空气的狂言"。我认为，这种观念对于古典艺能界，尤其是能乐界，或许是比较特别的。盲目因袭传统的"型"，一味地否定个性、自我封闭，拒绝和其他艺术形式进行比较……我现在是否还应停留其中？或许是下定决心做一名狂言师之后，硬为现在的自己灌输了一些观念吧，又或许是体会过那种在自由的舞台上进行表演的喜悦了吧，我现在格外注意表演的时间、地点以及气氛。但是，在"传统"这样一个一边呼吸着当代的空气，一边不断沉淀着过去的框架中，我们的确很难从过往的价值观中脱身。属于演员的"花"会在某一时间点绽放，但是演员身上同时还存在着"艺"这样的东西，它不会为时代和环境的变迁所动，处于更加技术性的层面。

此次的"狂言是也座"邀请了大河内俊辉先生撰写相关文章。上次，大河内先生评鉴了《花子》，还详述了《木六驮》。在我祖父万藏仍活跃于舞台上时，大河内先生便已在观赏能·狂言的表演了，所以他的文章也是以过去的"艺"为出发点的，也就是说，他一向是对比着过去的名演员们来对当下的舞台作品进行评述的。创造出一个不输给这种压力的舞台世界，是我这样一个继承了传统的狂言师的使命。或许观看了我这一版本的《花子》后，一些客人会感到有些许不悦吧。但我本人，以及我师父，也不会全盘接受这些批评。比起"传统艺能继承者"这种权威称号，我更加追求活在当下的艺术家身份。

不管是狂言，还是野村万斋，都不是靠一个人就能成立的。这两者都是由立足于传统、生活于当下的许多人一起组成的。我们家中正巧摆着我的曾祖父万斋、祖父万藏、父亲万作三代表演《木六驮》的照片，从"继承传统"这一点来考虑，我将"第四代"的照片也用在了场刊和宣传单上。我请妹妹仿照披头士乐队的专辑《顺其自然》的封面设计了这张照片，不过其中只有我是平时的模样。大家今天看戏时，如果能把戴着落满雪花的斗笠的我的脸替换进这张照片中，那就最好了。

话说回来，此次的表演也令我回忆起留学英国的时候，只要走到近郊就能看到赶牛的景象。此时此刻，我内心多渴望看一看祖父万藏在雪中追赶牛群的那一幕啊。
（1997年2月9日）

吾乃万斋 XVIII

这半年之中，每一天都过得如惊涛骇浪。4月，负责筹划世田谷公共剧场的落成典礼；在森崎事务所制作的"传统的当下特别演出"中负责改编并执导芥川龙之介的《竹林中》，和茂山家一同表演；于新宿零空间执导并表演了剧场烛光狂言《弓矢太郎》；于水户艺术馆举办的"狂言野村万作抄"中负责为父亲万作的《川上》设计灯光效果。5月，于伦敦的英国皇家艺术研究院演出了《棒缚》；归国后，再度将新作狂言《梅之木》搬上了舞台。6月，在世田谷公共剧场举办了狂言工作坊。7月，为新创会的"福冈万斋会"举行九州公演，进行了"狂言是也座"的连续三场普及公演。8月，在山形县小国町举办了面向法国人的狂言工作坊。9月，在大阪的梅田艺术剧场再度上演《返内销狂言会》，于京都的"金阁寺音舞台"演出中扮演足利义满。到6月为止，拍摄NHK电视台的晨间连续剧《安久利》。虽然这期间也有累倒的时候，但是每个作品中都注入了属于我自己的特点和看法，也收获了不少好评，所以我觉得这一切付出都是非常值得的。尤为重要的是，我为年轻人的感性而发出的呼声获得了回馈，作为一个传统艺能的继承者，我的内心感到十分坚实安定。我切实地感受到自己在英国留学时所积攒的经验已经开始萌芽。

此次的十周年纪念演出，我选择的剧目是已经上演过无数次的《蜗牛》和初演剧目《业平饼》。在《蜗牛》中，一般我饰演山伏[2]，父亲饰演太郎冠者。我们两个角色互换的情况也有一两次。我原本体态消瘦，所以饰演山伏这一类身材高大、强壮有力的角色就需要进行大量的训练。在当下，我希望它能成为我得心应手的剧目，也希望山伏成为我得心应手的角色。曲目的结束方式需要遵循传统的流派，各家都有不同的方式。在我们这一家系中，结局是这样的：山伏结印隐身起来，趁主仆二人寻不到他的时候突然出现，将二人打晕，然后一边念着"真傻呀,真傻呀",一边走进了幕后。不过近些年,我们也选取了又三郎家和大藏流的结尾形式:山伏和主仆二人一道乘兴沉浸在了嬉闹之中。此次的十周年纪念,我们在公演第二天的"乘兴嬉闹"中还加入了囃子,将《蜗牛》中的"denden mushimushi"[3]的节拍感展现出来。在执导过程中,我尝试着去表现传统艺能所特有的部分。

提到在原业平,这位和光源氏齐名的人物正可谓是俊美男性的代名词。据说源融正是光源氏的原型人物。因为这一关联,此次我们请来了能乐界正值壮年的梅若纪长先生和佐野登先生表演舞囃子《融》。希望大家能够尽情欣赏能乐界贵公子的优美舞姿。而《业平饼》可以说是一种滑稽模仿了。父亲万作曾说过,"越是和业平相去甚远者,越适合饰演此角"。的确如此,一个那样的好色之徒厚颜无耻地称自己是"业平"才更为有趣。我这样一个人出演了好色的歌人业平和好色的达达主义诗人荣助,这种搭配不是也很有意思吗?不知道大家都有什么想法呢?我很期待听到大家的声音。(1997年10月10日)

吾乃万斋 XVIIII

此次，是"狂言是也座"建成十周年第十九回公演。此次选取的剧目有舞囃子《岚山》，以及《镰腹》《猿婿》。《岚山》由喜多流的粟谷明生先生、观世流的观世晓夫先生担纲。这二位都是年长我十岁有余的前辈，分别在各自的流派中活跃着。我也非常期待能够一睹富有重量感和跃动感的"藏王权现"之舞。助演"木守、胜手"夫妇之神的演员基本都与我是同代人，还请大家期待其优美的连舞[4]。对于在樱花盛放的树下展开的壮丽场景，比起去理解谣曲的意思，我更希望大家能首先去感受这场景中的那种神圣美丽、威严庄重的仪式感。

此次是我首次担纲《镰腹》。这部作品的主题是"生"与"死"，听上去仿佛是狂言版的《哈姆雷特》。但事实远非如此。《镰腹》中不存在令人憧憬的王子，它的主人公是一个可怜兮兮、悲惨又懒惰，甚至被妻子骑着脖子欺负的山中劳动者。这出剧开场的状态也和普通的狂言相反，主人公是在阵阵吵嚷中被从幕后赶上台的。夫妻争吵到最后，男主角决定切腹。他将外套和内衬脱下，露出了一层白色内衣。这层白色内衣并不是为展示

"切腹"而准备的,而是能乐界表示"裸体"的常规穿着。该剧后半段是独角戏。男人的愚蠢把人逗笑,却又令人感到些许的哀愁。不过,最终还是忍不住发笑。这部作品会令人不禁遐想,如果让卓别林来表演会是什么样子呢?我虽没有体验过这样的"生死考验",不过也有过类似的经历。我在两年前戒了烟。对于抽烟的人来说,戒烟是非常痛苦的,看见掉到地上的烟头都想捡起来吸上一口,为了能吸烟会绞尽脑汁琢磨各种理由,还会趁没人的时候偷偷地摸一支烟来吸。现在回头看,当时的自己可真是傻透了。连我都会笑自己"当时怎么那么愚蠢啊"。

《猿婿》是能曲目《岚山》的"替间"[5](特殊演出)部分,所以是极少上演的。关于程式身法,相关的记载也不充分,所以我们同时也参考了许多其他流派的表演方法加以补充。这部剧中除了猿猴"吱吱"的叫声之外,也没有什么有趣的桥段了,所以最重要的是燃起观众们的兴致。为了能在一开始就让婿猿(猴子女婿)的登场深深刻在观众的印象中,太郎冠者饰演的小猴以及其他随行的每一只猴子的个性都需要表现出来。为此,每一名随行猴子的面具都是新制作的,每一枚面具上刻画的面部都有所不同，表情丰富。其中三段舞又十分强调现实性。到结尾部分，女婿和岳父的舞蹈就仿若歌谣所唱的"猴子与狮子……"一般将猴子和狮子相提并论，所以我加了些能剧《石桥》的感觉进去，尝试将舞的趣味性和狂言的写实感融合起来。但大家不必在意这些，只要看得高兴就足够了。不过遗憾的是，能乐评论家们对能的复曲和能乐师所下的苦功比较关心，所以会品评一出复曲改变了哪些细节、呈现了怎样的效果，但是狂言这边就没有这种待遇了。近些年我入手了婿猿的面具，这副面具虽然时代久远、作者不详，但是品相情态俱佳，是不可多得的珍品。

话题暂且从狂言里跳脱出来。我因出演了NHK的晨间连续剧《安久利》中的荣助一角，（和今村昌平、渡边淳一一同！）获得了日本电影电视制片人协会主办的黄金飞翔奖特别奖。颁奖词如下：

> 你以青年狂言师的身份活跃在能舞台上的同时，还积极参与影像领域的创作，挑战了电影《乱》、大河剧《花之乱》等等，备受好评。此外，你还出演了NHK的晨间连续剧《安久利》中女主角的丈夫

荣助一角，以轻妙爽朗的演技刻画了荣助的半生。你的表演在全国观众中掀起一阵"荣助"风潮，也为该剧的成功做出了极大的贡献。为赞赏你的贡献，特颁此奖。

在此，向大家报告如上。此外，我还在为星期一的《日本经济新闻晚报》撰写一个名为《随意漫步》的每周随笔专栏。如果大家能去读读看，我就非常开心了。下一次是"狂言是也座"的第二十回公演，敬请期待。
（1998年2月21日）

吾乃万斋 XX

"光阴如白驹过隙"，转眼就迎来了"狂言是也座"的第二十回公演。为了纪念这第二十回，我们订了非常华丽的演出计划，并且有意回避新作和复曲这类展现个性的剧目，而选择了《三本柱》《阎罪人》等内容严格缜密的古典名作。我自信，我们的"狂言是也座"并不只工于点缀，而是水准过硬的。为此，我准备了特别强调舞囃子的轻重缓急和节拍快慢的"小书"[6]（特殊演出），并请观世流的片山清司先生、金春流的樱间真理先生演出了此段。这二位都是能够代表名门家系流派的典范，也都和我同龄。希望观众们能够喜欢这段立足于三十余年扎实的表演技术，充满年轻的活力与速度感的祝祭之舞。

　《三本柱》由我、深田博治、高野和宪、月崎晴夫等人出演，在演出人员安排上显得十分新鲜而具活力。这三人也都是我父亲的弟子，演技虽还未成熟，但如今已经成长为我们公演活动中不可或缺的存在了。深田和高野都毕业自国立能乐堂的养成课，我也曾教过这二人。希望他们能够担起21世纪狂言的大任。

　另一出剧目《阎罪人》是由我和父亲、叔父合演的"野村狂言"。因为演出人员增加了，活动量也随之增加，有时是万作班、万之介班和万斋班三班同时活动。不过这也带来一个问题，就是古典表演的感觉会变得稀薄。有的时候甚至恰逢所有演出人员都是首次出演此剧，在这种情况下，演员在一些细节的处理上会略有些不合拍，会一边疑惑着"这作品好像不是这么一回事呀"一边表演下去。对于该剧的表演，我们应该追求的不是类似个人体会的细微演技和情感刻画，而是传统意义上的大概念中的那种大格局的演技。而在其中竞相展现彼此的技艺及能量，这才是狂言，或者说"江户前狂言"的真髓。正如我家的家训所云，"狂言如竹，笔直清丽，少生枝节"。

前几日我接受某家报纸的采访时，对方问道："这次不演出《钓狐》了吗？"听到这个问题，我既欣喜，又有种被触到痛处的感觉。因为我的祖父和父亲都极擅长《钓狐》，也曾多次搬演这出戏，甚至到了被称为"狐狸演员"的程度。尤其是父亲万作，一名普通的狂言师一生之中可能只会演出此剧一两次而已，但是他却演出了不下二十回。这个问题没有涉及其他领域的表演或导演，可以说，我作为正统的传统艺能继承者，被问到这样一个正合当下处境的问题是十分难得的。我"披露"此曲至今已过去十年了，虽然初演之后我又在福冈及纽约演出过此剧，但是近数年处于空白期。对方表示："眼下正是演出此剧以显示狂言师野村万斋真正分量的时候呀，非常希望能看到您出演。"其实，我也曾考虑过是否应该在"狂言是也座"二十周年纪念之际搬演此剧，但是最终还是放弃了这个念头。这是因为，像《钓狐》这样的大曲，现在将其搬上"狂言是也座"的舞台，我认为为时尚早。请大家稍事等待，先欣赏其他的剧目吧。

为了增加我自己的保留节目，同时也为了增加时下年轻观众的数量，以"表演者和观众共同学习狂言"为目的的发起的"是也座"如今已经有了十年的历史，已经公演至第二十回了。沉淀积累的部分有很多，崭新的更迭也不少。我想，这些其实足以达到当初组建本团的目标了。不过新与旧无法做到步调一致的部分也不少。眼下，剧场狂言、狂言工作坊、地方城市的狂言普及演出都很兴盛，"新"的部分就交给这些活动去解决了。"狂言是也座"接下来也到了迎接第二阶段的时候。我希望它能够成为一个展现技艺、倾诉话语的地方，并以此作为它的第二十一回公演的指向。接下来的日子，还望大家一如既往，多多关照。（1998年9月5日）

吾乃万斋 XXI

十周年第二十回公演结束后，"狂言是也座"向着新的未来再出发了。此次，由我父亲万作长年以来的弟子石田幸雄,及国立能乐堂养成课修满毕业的高野和宪、深田博治一同出演《苞山伏》。此外,还有我和叔父万之介共演的作品《空腕》,以及以我和父亲为首、由全师门一同出演的作品《花折》。出乎意料的是,这三部作品中都有演员躺倒在舞台上的情节。《苞山伏》中有三个人睡倒,《空腕》中是太郎冠者头晕目眩了,《花折》中是刚刚出家的人喝酒醉倒。虽然都没到躺在舞台上打鼾的程度,但是也足以证明狂言这门艺术和日常生活之间的联系有多紧密了。

《苞山伏》是狂言中比较少见的推理小说形式的作品,是一出登场人物陷入三方混战的现实主义狂言。它的内容其实非常简单,但是狂言的近现代戏剧特征却可窥得一二。

《空腕》使用了大量狂言中独有的肢体语言,是一部独演性极强的作品。主人这一角色的存在感也十分突出。听说,尽管我父亲年轻时表演得非常出色,但是饰演主人一角的祖父万藏却总是要求他从头到尾地温习。茂山家对《空腕》的诠释也十分优秀,但是初次观看父亲表演《空腕》时那有趣的感觉给我留下了极为深刻的印象。我之前在新国立剧场出演了木下顺二所作的《子午线之祀》，担任其中的平知盛一角。我将拿出诠释平知盛时所找回的对日语的自信心来挑战这出戏。

《花折》其实略朴素了些。祖父万藏七十来岁时应NHK的播放邀请表演了此剧。那种创新又带着调皮的感觉，想必小孩子看了也会深深记在脑海中吧。希望大家观看此剧后能够提早感受到春日的风情。

2月3日至20日，《子午线之祀》于新国立剧场进行了十八回公演，以连续的超级爆满迎来了谢幕日。清晨5点钟，当日券的售票窗口便排起了长队，两小时后，也就是7点钟时，就只有已经在排队的客人能够入场了。由我父亲饰演源义经，此外还有山本安英、泷泽修、岚圭史、观世荣夫、宇野重吉、武满彻等人参与演出的那一期进行了五次公演。我十分仰慕前辈们当时的成绩，此次的表现有幸获得了不少好评，我感觉肩上的负担也轻松了许多。同时，此次演出也是一次非常好的学习机会。这是一出现代剧，主题取自《平家物语》中的坛之浦合战，但它也是一出属于"白"范畴的作品，其内容是语言的螺旋。与此同时，命运的螺旋又与之相呼应。作为剧中"祭祀"的司祭，我身负推进剧情发展的责任。能和观众们一起穿越木下老师的作品，抵达戏剧文学的新境界,实在是一件再幸福不过的事了。当然,关于如何诠释"如今我已看尽一切,此后又能何所期"这句平知盛自尽前的名言,我还有堆积成山的问题需要解决。并不是从心理侧面去表演知盛,而是再度确认描写知盛内心活动的重要性,这是此次令我感到非常有意义的一件事。我已经早早听说,该剧两年后会再度进行公演。就像源义经仿佛是父亲与生俱来的角色一般,我希望自己也能照着这样的榜样去挑战知盛。(1999年3月9日)

吾乃万斋 XXII

残夏未尽,暑气依然,诸位近来可好?我还是老样子,是个能够一心扑在所爱事物上的幸运儿。

最近的活动有古典大曲《花子》的盛冈、名古屋公演("狂言是也座在名古屋"),"传统的当下特别演出"《竹林中》再演,于零空间再演"新宿狂言"《法螺侍》,自世田谷公共剧场推广到全国儿童剧场的"狂言工作坊"。还有这一年夏天,在能够容下2700人的大阪节日大厅举行的灯光、音响、影像兼备的"电光告示牌特别演出　地狱狂言会"。本年度的秋季，我将在蚕茧剧场演出《竹林中》，这将是使用狂言技术呈现现代戏剧效果的一次新的表演挑战。此外，我还将在NHK的正月时代剧《苍天之梦》中出演高杉晋作。附加一句，9月12日，NHK会播出一档叫作《课外辅导　欢迎前辈》的节目，内容是我在母校筑波大学附属小学教授六年级学生狂言的过程。

话说回来，我最最期待的还是本日的演出以及10月份的"万作赏鉴会"了。在大会场施展创意会令人感到紧张刺激，而在能乐堂这样古典的空间中则会令人感到心安，同时也更能考验人的真正实力。《宗论》一曲是祖父第六代万藏逝世前表演的最后一出曲目（当时剧中法华僧的扮演者是我父亲万作），我也曾多次欣赏父亲和叔父携手共演此剧。尤其想说的是，观世荣夫和銕之丞师兄弟二人曾为了倡导反核、呼吁和平组成能・狂言会"申乐座"并上演过此剧，那场演出也可以理解成是在讽刺当时势不两立的"原水禁"与"原水协"[7]。此外，剧终部分的那一句谣——"法华弥陀无分别"——所展现的和睦感真正传递了倡导反核、呼吁和平的信息。当年

"是也座第四回"时，我曾请父亲指导并帮助我初次挑战法华僧一角。因为想追上父亲的脚步，所以我在诠释刚毅耿直的法华僧时有些用力过猛，甚至带了些"怒气"，演到最后可真是筋疲力尽了……演出后，我听人说父亲罕见地夸奖了我。那也就成了我二十来岁时印象极为深刻的一次演出了。倘若用书法来形容，那么法华僧这个人就是"楷书"。当我跨过三十岁这道门槛，再向上一步就是"草书"的境界了，就需要挑战净土僧这一角色了。

NHK拍摄纪录片《狂言三代》时，记录下了祖父万藏练习《舟船》这部作品时的影像，我对此印象十分深刻。关于我的影像记录《野村万斋：从初登台到袭名》中也加入了这一段内容。或许是因为有摄影机在场录制，祖父也是斗志昂扬，原本已十分严苛的练习变得难上加难，记得当时还是幼童的我为此非常困惑。而且我本来练习得不错，到了正式演出时却掉了链子，出现了错词、抢词的情况，回到幕后的途中，饰演主角的父亲突然转身抽了我一扇子。父亲说，那一扇子与其说是在发泄对我的不满，不如说是因为练习没能收获该有的成果而感到不甘。正如此次公演所呈现的一样，老奸巨猾的主人角色一般被认为是该剧中的仕手，但仕手本来应该是太郎冠者，因为他头脑聪慧，能够机智地抓住主人的破绽，这就使得此曲趣味丰富、气韵深厚。

《仁王》是一出单纯而欢乐的滑稽剧。我在"是也座"的演出中"披露"《花子》的那一次，请叔父万之介出演了《仁王》的主角。剧中前来参拜的众人在许愿时说的台词有不少都是临场发挥的。我还记得，当时一位饰演香客的年轻演员便许愿"请把万斋大人的人气分一点给我吧"，他原本是想要引观众发笑，但这句话说出来后，全场反应十分冷淡。其实在我们这一家系，只有积累了多年经验的成熟的狂言师才会偶尔即兴讲台词，年轻人不应随意发挥。视情况判断分寸的经验是十分必要的。从这一点来看，父亲饰演剧中的"男人"一角，可以说是运用了形式和艺能积淀的经验所进行的诠释。

那么，请大家尽情享受我们的演出吧！（1999年9月3日）

吾乃万斋 XXIII

非常感谢诸位今日光临。终于迎来了2000年，心情也是焕然一新。不过嘛,现况其实和1999年并没什么区别,每一天还是老样子,就这样,2月来了。

不过,1999年可真称得上是惊涛骇浪的一年。古典狂言的公演自不必说,我还参与了《子午线之祀》(新国立剧场)、《法螺侍》(零空间)、《电光告示牌狂言》(大阪节日大厅、东京艺术领域剧场[8]等)、《竹林中》(蚕茧剧场、近铁剧场)、《苍天之梦》(NHK正月时代剧)等的演出,甚至还出任了除夕[9]"红白歌会"的审查员一职。光是回顾这些就令人眼花缭乱了。10月份的一大喜事是我的长子出生了。自1995年从英留学归国后,我进入了一年比一年忙碌的状态,和周围工作人员的共事也逐渐磨合,走向正轨。因为他们的努力和帮助,我也得以将留学的成果展示出来。

以下是近期几项成绩的汇报。首先,我以《子午线之祀》中的新中纳言知盛一角获读卖戏剧大奖优秀男演员奖,我执导的《竹林中》获日本文化厅艺术节戏剧部门新人奖。读卖方面,我这样一介小辈能和角野卓造(最优秀奖)、市川团十郎、中村富十郎、中村雁治郎四位日本戏剧界的前辈男演员一道拿下1999年的戏剧大奖,实在是万分光荣。正如前文提到的,加藤周一先生曾说:

"若要我在世界范围内列举出五位著名的演员,其中一定有野村万藏。"此次得奖也让我感觉离祖父万藏稍稍近了一小步吧。艺术节方面,父亲万作曾三次获鼓励奖,四次获优秀奖,还曾获过一次大奖。我虽远不能及父亲所获的这些荣誉,但是能在同一评选标准下获奖,也是十分开心的。

出典自《平家物语》的《子午线之祀》和出典自《今昔物语》的《竹林中》两者虽然都是古典题材的作品,但是它们的现代性能够得到评价,这一点令我非常高兴。"狂言是也座"一向提倡"呼吸现代空气的狂言",因为我心中的狂言、戏剧并不是过去的遗留和化石,而是观众将当下的自身情况、境遇以及社会环境置换进去,与演员们一道踏上一段旅程的艺术。当然,狂言师须具备职业水准和专业技术这件事是绝对的,但以此为基础的戏剧行为在当下则一贯处于一个相对的位置。世阿弥所云"离见之见",指的恐怕就是这样一种情形了。他的这句"人生也有涯,而能也无涯",讲的也是生命有限的绝对性和反映时代的能这种表演行为的相对性的关系吧。

那么,此次演出的《拔壳》和《小伞》是怎样的两部作品呢?《拔壳》是我新打磨的一首曲目。《小伞》则是我献给已故的祖父第六代万藏的第二十三回忌的曲目。
（2000 年 2 月 17 日）

吾乃万斋 XXIV

祖父第六代野村万藏过世已有二十三年了。祖父被称为"江户前狂言的开山之祖"，每每想到他，我的快乐情绪便油然而生。祖父表演时的那种愉快而洒脱的气质，令我不禁想起"狂言的现代化"这个问题。近些年，伴随着狂言师以及能乐师生活的安稳，能乐界掀起了一股强调"家系""宗家"等的保守化、权威化风潮。而"江户前"这种明治以来的传统风习主张将实力和技术贯彻到底，紧随时代步伐并永葆游戏心态，我非常想保持住这种风习。曾祖父第五代万造（也就是初代万斋）因为明治维新而从加贺藩的保护中走出来，走向了大众中间，从而令狂言"不得不"迈上了现代化的道路。他的儿子第六代万藏通过亲身实践，令"狂言的现代化"得以绽放。我父亲万作这一代则促成了"狂言的当代化"，使其稳定地成为当代舞台艺术中的一种价值观。如今，我思考的是狂言的当下以及它未来的形态，乃至其社会属性。比起为狂言数百年的历史沾沾自喜，我们更应考虑的是：这种艺术形式所具备的精练的"型"能够反映当下的哪些部分呢？同时，又有哪些部分能够映入其中呢？接下来，我们还要继续通过狂言去反映当下吗？

这十年间，我就"传统的当下"这样一个主题，以实验性的手法进行了很多新的尝试，涉猎了芥川龙之介、别役实、木下顺二、饭泽匡、高桥睦郎等现当代作家的作品。通过这些尝试，虽然我得以思考狂言的戏剧性，从导演方面也得到了很好的学习机会，但是在当下这个节点，"传统路线"其实大多数都已经是完成时了。

此次的三首曲目都是"追善曲"，曲目内容很考验实力，要求有十分过硬的技术水准。其中的《二千石》和《奈须与市语》《文藏》《朝比奈》三者类似，是以"白"为核心，伴随着一定动作的曲目。不过，比起这三部作品，《二千石》的仪式性更强，还含有一些夸张滑稽的内容，是一首颇为欢乐的曲目。父亲万作常演出此曲，不过我并不常见到其他狂言师演出。或许是因为内容中夸张的部分很难理解，所以很多人对此曲敬而远之吧。明明是一首和家业飞黄腾达有关联的祝福之曲，内容中却有"石头棺的盖子,唱起歌谣宛如疾风,拉起七层注连绳,唱念南无谣的大明神匾额高挂……"之类假大空的东西,令人感觉十分可笑。而把"柜"这个字读作"棺"也让人难以理解。其他还有诸如"薅掉榻榻米上的灰……""被榻榻米的边绊了一跤……""夺了尺八抛出去……"等等,程式性很强,但是选择了写实性的表现手法,所以产生了一种忧愁感,反而令人觉得有趣。而说出这些台词并进行表演的太郎冠者,其重要性也不言自明。

此次演出曲目中的《恶太郎》是我很喜欢的一部狂言作品。最近父亲也常选择此曲演出。NHK的《名人风貌》一片中也出现了祖父晚年出演此剧的片段。不过就此曲而言,近些年我很追求年轻人所独有的诠释方式:表现恶太郎难以排遣、无处宣泄的精力,以及拿大刀长髯来武装自己的那种虚张声势的做派。用能乐界的说法,他的这些表现可以说是追求华丽奢靡的,而在获得"南无阿弥陀佛"这六字之名时,他的内心得到了净化,转而踏入了淡泊脱俗的世界。我想,这可以说是一部有笑有泪、能令观众感受到青春伤痛的作品了。

《祐善》和《蝉》两曲都属于"舞狂言"范畴,上演频率比较低,不过二者各具特色。《祐善》是能乐中唯一一部使用伞舞蹈的作品,内容也完全是围绕"伞"展开的。作品中还会提到伞的各部分名称,如纸、骨、轳等等。其实基本没有什么趣味性可言,不过曲终部分极富音乐性,而且对伞的运用从视觉角度来说也比较少见。所以常在追善会上以小舞、连吟[10]的形式出现。《蝉》属于舞狂言中最有速度感的一出曲目,各种程式的表现非常华丽。这出悲喜剧讲述的是蝉的幼虫在地底苦熬了七年之久,好不容易长成了成虫得见天日,结果却突然遭到鸟类的袭击。我在"野村狂言会"上首演此曲时,台下的观众既有被逗得放声大笑的,也有看得泪如雨下的。所以我也非常期待此次演出时大家的反应。这两部作品最后的"成佛"环节观赏性都很高。

我希望自己能够表演好以上曲目中的种种诉诸技术的环节,让九泉之下的祖父看到。(2000年10月27日)

注 释

1 葛饰北斋,(1760—1849),活跃于江户中后期的浮世绘画家。其作品汲取狩野派、琳派、西洋画等诸多画法之长,为日本的插画、绘本及风景画领域开拓了新的境界。
2　山伏，山中的修行僧。
3　蜗牛在日语中俗称"でんでんむし"，狂言曲目《蜗牛》将这一俗称转成有节拍的歌谣形式，演员一边唱着"でんでん、むしむし"一边随着节拍舞蹈。
4　连舞，同一动作的舞蹈由两人以上同时表演。
5　替间，能的间狂言中的一种特殊演出。其表演所使用的部分"型"和通用的"型"有所不同。
6　小书，能乐中的一种特殊演出。因其演出名称在节目曲名左侧标记得很小，故有此称。
7　"原水禁"，即禁止原子弹氢弹爆炸日本国民会议。"原水协"，即禁止原子弹氢弹爆炸日本理事会。二者原本同为反核爆组织，后因方针不和分道扬镳。
8　今银河剧场。
9　日本的除夕指公历 12 月 31 日。
10　连吟，齐声吟诵，指二人以上齐唱谣曲。

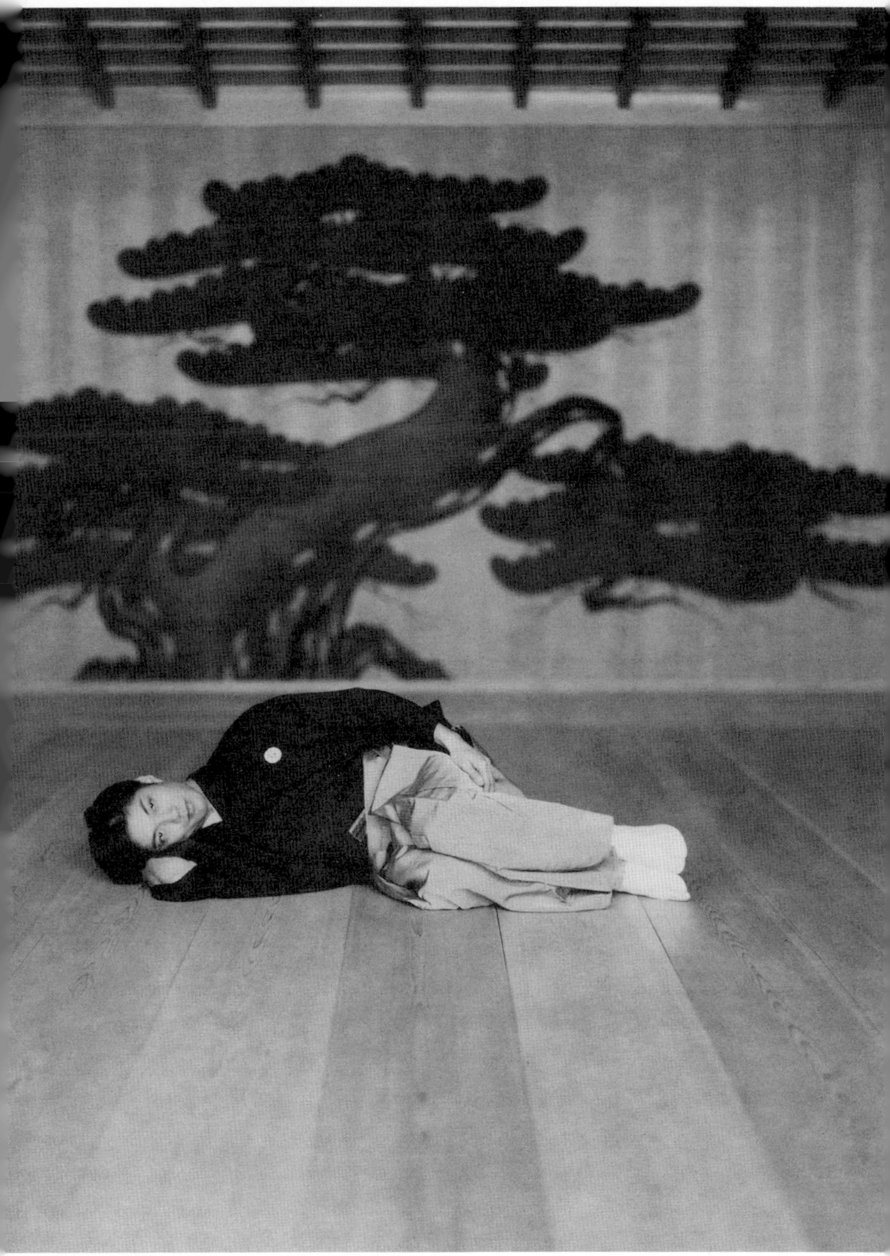

**狂言
サイボーグ**
Nomura Mansai

**のむら
まんさい**

3
狂言与「性质」

狂言与传统

我们时常会听到"能·狂言有着六百年的传统"这句话,那么所谓的"六百年的传统"究竟是什么呢?

人们比较容易将它们误认为是"六百年前的东西"。它们十分古老,被保存在玻璃罩中,人们只有在博物馆里才能看到。它们早已失去了生命,只不过被封存了起来,变成了木乃伊,没有再改变过。

"传统"这个词更是进一步加深了这种艰涩陈腐的气息。"统"这个字容易令人联想到日本森严的社会等级制度。它给人的感觉是很顽固,并且与其他一切人和事都毫无交集,像一条笔直的单行线。

我很喜欢"传统"的英文表述:tradition。因为其中有trade(交换)的含义。它有一种舍弃执拗,为了追求更为优质的内容而将已有的各个部分不断交换的感觉。

随着时代的变迁，能·狂言也在一点点地发生变化，尤其是狂言。在室町幕府时期，狂言还没有固定的剧本，流动性很强，一般只有一个故事大纲和大致结局，其他都是段子性质的即兴表演。到了江户时代，这些段子和即兴的部分才逐渐文字化，成为剧本，固定下来。

不过，也不能说文字化后狂言就再也没有变过。在狂言剧目《盆山》《柿山伏》中有这样一句台词："叫不出来我可就拿猎枪射你了！"以前，这句台词中的"猎枪"其实是"弓箭"。后来，为了让这句威胁的话更有现实感，将"弓箭"改成了"猎枪"。

继承传统的"型"，就如同幼儿学走路和说话一样，需要亲身去习得表现的手段。一个演员需先将"型"全部学习完，才能迈出自身艺术生涯的第一步。所以也就有了老前辈口中的"四五十岁还只能算个流鼻涕的小孩"这句名言了。

人，也不是瞬息之间就成了"人"的形态。人需要母体怀胎十个月，其间能够追溯到包含人类诞生的这数亿年物种进化的历史。人需要历经这样一个过程才能成为"人"。

将传统权威化的做法毫无意义。这就好像一个人并无实力,却对手中的工具十分满意、沾沾自喜一样。我们必须去理解这个"工具"的构造,弄清楚它的使用方法。也就是说,我们需要明白"型"的出现是有必然性的,同时,我们还需要在当代为"型"找到其存在的意义。为此,我们有必要回顾和反思狂言的进化过程。

近些年,和泉流《一子相传之秘书》也揭开了面纱,面向大众出版了。它对于现在的狂言师是否有直接的启发尚不可知,但对于想要了解狂言进化历史的人来说,这必然是一部珍贵的资料。

在欣赏当代狂言师的表演时我发现,活跃在第一线、已经成就斐然的前辈们都曾挑战过其他的艺能类型,时至今日也仍会出演新作狂言。他们绝不会说"破坏老传统,再筑新传统"这种豪言壮语,而是默默地不断反思着狂言进化的过程,同时将最适合当下的新鲜演技呈现给观众。

和其他剧种产生交集,这在狂言界恐怕已经成为传统了。我身处这传统的最末尾,想要尽全力成为一个进化的、能够发挥自身真正价值的狂言师。总之,先扎扎实实地走好每一步吧!

狂言与口传

能·狂言有着"口传"的传统，它们的传承方法不是记载在书本上的，而是只能通过手把手、面对面的训练才能做到的。师父在练习的场地亲口教授、亲身示范，这是为了使终极的技术技巧和一些呈现上的手段秘诀不被外人所知。

在多以"口传"形式传承的狂言世界里，《钓狐》《花子》这一类大曲的独演时长都达一小时。这并不是简简单单就能做到的。狂言师倘若不使尽浑身解数和秘诀，观众便会看腻。而狂言选择"口传"，是为了不让这些"秘诀"被文字泄露出去。此外，师徒之间必须建立信任关系，确保"秘诀"不被泄露，为此，得"口传"者必须有配得上继承这些秘术的身份。毕竟，师父要亲自教授徒弟这种"秘诀"，传承才得以成立；徒弟也需要得到师父的亲自承认，才算是习得了这门技艺。

或许是因为能·狂言在江户时代附属于武士阶层，在观阿弥、世阿弥的时代，猿乐、田乐各座（组织、剧团）争相求取将军大名的扶持这种惯习遗留至今了吧，所以能乐界和武道、剑道一样，有着拥有秘密并获得特别承认的秘诀传授者。

在明治维新那段十分混乱的时期，能乐师、狂言师们失去了大名的扶持和保护，陷入了绝境。鹭流这样一支和大藏流同样古老的狂言流派为了生存，将一些表演的技术传授给了当时新兴的歌舞伎。现在歌舞伎中的"松羽目物"指的就是从能·狂言中引进的曲目。据说，歌舞伎中的《棒缚》《身替坐禅（花子）》也是从鹭流那里学到的。然而，旧形态的阶级意识在能乐界根深蒂固，歌舞伎演员受到蔑视，和歌舞伎走得很近的鹭流遭到排挤，最终灭亡。如今，只在山口县还存在着一个属于这一流派的保存会。

有句话叫作"祸从口出"，因为"口传"给了歌舞伎一些秘诀，鹭流消亡了。能乐界如此夸耀自己六百年的传统，但却必须承认它有不少部分都在时代的洪流中被击溃了。比如，仕手方（负责能的主演和地谣部分）承继了大和猿乐四座的观世、宝生、金春、金刚四流，加上成立于江户时代的喜多流，这五流至今都还健在；但是胁方、狂言方和囃子方的情况就不乐观了，各有消亡的流派。其原因有继承者的问题、宗家脉络断绝的问题，或是在技术竞争方面败给了其他流派，又或是在现代化的过程中没能取得成功，等等。狂言这边现存的两大流派——大藏流与和泉流——都曾经出现过宗家断绝的局面。进入昭和时代，流派内的各家成员经过商讨，才将宗家再度振兴起来。不过，我所属的和泉流在再度振兴之后，家元突然病逝，眼下处于家元暂缺的状况。在这种情况下，《钓狐》《花子》便更是受到极大重视，被称为"大习"，也就是说，是极为重要、难度极高的"关卡"。不过，在它们之上还有一个终极"难关"：只可"一子相传"的《狸腹鼓》。因为保密过度，这首曲目甚至连"口传"的部分都极为模糊，很多细节都不清楚。如今的演员只能依靠对该曲目的文字记录进行个人创作，可以说是令其复活在舞台上。

世阿弥曾提出"保密便有花，公开则无花"这样一个概念，并从多种角度赞赏过这种秘密的优势。不过，"过度保密则会适得其反"这句话同样也存在着事实依据。

表演与经济

这几年，山形县小国町一直在开办主要面向法国人的戏剧工作坊。这个工作坊以形体训练为主要目的，从早到晚，在几周的时间内学习、体验、开发自身能力，内容包含法国哑剧、舞蹈、意大利即兴喜剧、狂言、能等等。我也负责了这个工作坊一周的课程，教授狂言。

教授法国哑剧的是马塞尔·马索。他被喻为"无言的哑剧世界中的吟游诗人"，是位扬名日本的艺术家。他十分崇拜"喜剧之王"查理·卓别林，他会模仿默片做很多动作，有时候还会对着我用双手比心致意。不过这位先生在表演之外的生活中其实话很多的。他的教学方法不同于狂言，不是那种模仿并彻底复制师父、"偷"得技艺的方法，而是比较理论性地进行授课。

在某一天的授课过程中，马索请一位来上课的法国人表演"喝醉的人走路"。这位法国人常活跃于荧屏，他的表演乍看之下的确像是一个喝得烂醉的年轻人，但是马索却这样对他说：

"你这样的表演太不经济了。"

我听不懂法语，于是请翻译老师告诉我这句话的意思，她便翻译如上。我的确是没有想到，他会在"表演"后面缀上"经济"一词，这听上去真的太新鲜了。接下来，马索做了示范。他的示范十分简洁精练，纯粹通过肢体语言表达了"醉"。那种"醉"的状态不分老少，也没有所谓"烂醉"或"微醺"的程度之分，它单纯体现的就是"醉"的状态，仅此而已。我想，这不正与我们能乐（能、狂言的总称）之中的"型"有着异曲同工之妙吗？

我们可以将能乐的"型"比喻成高倍率的"透镜"。表演者对着这面透镜释放自己的能量。倘若透镜的倍率很高，那么通过它投出的身影就能够比实际的景象大很多。赋予这身影想象的色彩也正是身处观众席中的人们的特权。不论哑剧还是能·狂言，都是一种省略的戏剧形式。也正因如此，它们才必须仰仗观众们的想象力和随之而来的那种游戏感。

被评价为表演"不经济"的这位演员恐怕是个没有"型"的人,所以他不得不给自己强加上一些意义。他的动作也要比马索的更为夸张,他满头大汗,拼命表现,却反响平平。这恐怕是因为,在调动观众的想象力之前,他已经把一切都"说明"清楚了。结果,站在观众前面的只是一名拼命解释状况的演员,而最重要的"醉"则形同虚设,不知所终了。现在想来,我真的很佩服马索,"不经济"这个形容的确很妙。

在能乐的世界中,有"四五十岁还只能算个流鼻涕的小孩"这样一种说法。它虽然意指"即便到了四五十岁仍然不成熟",但可能也包含了一层"表演的不经济"的意思吧?在中岛敦所著的《名人传》中,有一位百发百中的名弓箭手向仙人炫耀自己的弓。仙人说,使用弓射箭,射中目标是当然的,而我不用道具仍能射箭。说罢仙人便离去了。希望我过了花甲之年也能修炼到如此境界呀。

狂言与"男女"

一般被称作古典艺能、传统艺术的形式，大多只由男性继承。狂言也是其中之一。

话虽如此，但并不是说狂言中就没有女性角色出现了，只是这些女性角色需要由男性扮演。在狂言的254首现行曲中，有29首是女性登场的曲目，也就是"女物"。其中杰作、佳作众多，如果是一套完整的狂言演出的话，那么三曲之中大多会有一曲"女物"。

在能和歌舞伎中，由男人来演绎女性角色是十分深入人心的。但是在表演时，演员们都会戴假发、着女性面具，或是戴假发、化女性化的装。在遥远的英国，莎士比亚戏剧原本也是由男性演员出演女性角色。中国的京剧中也曾活跃着梅兰芳先生这样的"女形"[1]演员。在当今日本，也有美轮明宏这样并非歌舞伎演员的人物存在，铃木忠志导演的全男班《李尔王》也引起了广泛关注。

狂言中的女性角色并不由专工于此的演员，也就是所谓"女形"饰演。或者不如说，所谓狂言师，就是要包揽太郎冠者、福神、大名、山伏、僧侣、鬼、百姓、动物、昆虫、骗子以及女性等角色。不过在扮演女性时，除非特殊场合，否则是不戴面具的，也不化装，只不过会在表演的时候将一种名为"美男发"的漂白布片缠在头上，所以呈现出来的模样并不是特别女性化。当然，从"型"的角度来看，扮演女性时的体态不同于扮演男性时所采用的那种站姿，也不会摆出撑着胳膊的架势。台词方面，一些男性语言中会省略的后缀，在饰演女性角色时也不会省略。不过怎么看也还是个男人在扮演女性。反过来说，狂言师在扮演女性时，绝对不能让自己看上去太像女人了。

在狂言中登场的女性都是闹腾的。掌握了室町幕府实权的日野富子可以说是这种形态的原型了。狂言正是在室町时代逐渐成形的，所以也如实反映了这种"室町气质"，女性角色都十分开放，颇有活力。昭和时代掀起的女性解放运动也符合这种闹腾的感觉。但是，相比于那种面对压迫奋起反抗的解放运动,狂言中的女性似乎都是在惩罚没用的丈夫,大多数女性角色比较大胆、有担当,拿自己当男人。而在我们眼下的社会中,半吊子的弱势男性和有担当的强势女性都在增加,那么狂言展现出来的这种情况,倒是和如今的情势很接近了。

眼下似乎都提倡削弱男人的那种男性气概,这种削弱也包含性爱方面,而狂言的男女关系中也很少出现性描写。大曲《花子》中虽然浓墨重彩地描绘了男主婚外偷情,和花子一夜温存,但是这个偷情的对象却并没有出场。其他的剧目中更是如此,争吵推搡倒是有的,但拥抱却完全没有,至多是蒙个眼睛或是握个手这种程度吧。

在改编自莎士比亚原著《温莎的风流娘儿们》的新作狂言《法螺侍》中,有一段情节是师父万作饰演的洞田柱右卫门(原型:福斯塔夫)和人妻幽会。其中包含拥抱和接吻的场面,但是古典的"型"中并没有对应这类场面的动作,所以那种"香艳场面"的呈现搞得大家都有些尴尬。

狂言中闹腾的女性大多是妻子角色。也就是说,她们只是"居住于这附近"的男人(仕手=主角)日常生活中的伴侣罢了，所以她们并不能成为主要角色。狂言中会极力压抑这些女人的女性气概，对她们的描写也只是在共同生活者的层面上，用力较轻。

近些年，我也更多地参与了一些狂言之外的工作，这些戏剧和影视剧中也都有女演员参与。所幸（？）这些作品都是男性参演者居多的"男人戏"，所以我靠狂言的"型"尚且应付得过来。在出演NHK电视台的晨间连续剧《安久利》时，虽然也会接触"女性"的表演，但是NHK这样一个国营电视台[2]"防备"森严，没有出现"香艳场面"。不过，我多少有点"越害怕越好奇"的心理，再加上除了狂言师这一身份外，我还是一名演员，所以有时也会心思活络，期待起还不知会和哪一位女演员合作的"香艳场面"……

注　释

1　女形，歌舞伎中对男旦的称呼。
2　准确地说，NHK是一家公共广播机构，不同于国家直接运营并拨款的国营广播机构，也不是以广告费为主要收入来源的商业广播机构。

狂言与装束

在能·狂言的世界里,舞台服装被称为"装束",人们对"装束"是小心有加的。这一件件装束有的价格不菲,有的则来自将军或贵族的赏赐,是具有历史价值的古董。所以,对待这些装束时稍有不慎就会挨骂。

"装束"在分类上属于和服,所以是没有拉链的,基本都靠绳子、带子去系。不过如果出现只靠这些没办法搞定的情况,就再用线去缝。演出结束后,再用剪刀剪开缝住的地方,但需要留意,清理时要一丝不苟,绝不能剩下线头。关于这一点,曾有人如此劝诫道:如果疏忽大意,任凭剩下的线头挂在衣服上便进行下一次表演,那和脸上沾着鼻屎直接登台没有区别。

能的装束大多使用绢制的布料,有的还掺有金箔,或是使用彩色的丝线在布料上刺绣。可以说大部分能的装束都非常豪华，其中的代表有唐织的、缝箔的、厚板的等等。相比之下，狂言的装束大多是麻布拔染的，比如素袄、长裃、肩衣等等。

虽然有专为能乐装束制作衣物的成衣店，但是却没有租赁能乐装束的店。不同流派、家系、团体都是自行保管的。装束的搭配也由保管服装的演员自行决定。虽然装束的各部分构成不会变，但是颜色、花纹的组合需要配合所饰演的角色及时节，是经过深思熟虑之后方能决定的。

我们日常着装的搭配主要分为单色调和双色配搭。一身黑衣，或是一条连衣裙，这属于单色调。T恤配牛仔裤，西服加一条领带，这属于双色配搭。细花纹的颜色暂且不提，一套穿搭倘若同时用了三种以上的颜色，那就可以说是很大胆了。若真的这样做，呈现出来的效果就很可能会像小丑的服装了。

小丑的服装从一开始就十分倾向于使用多种色彩。意大利即兴喜剧中的滑稽角色，其服装上就缀有许多颜色的菱形补丁。而马戏团和扑克牌的"小丑"造型也沿袭了这一传统。

狂言中的超级巨星太郎冠者，其装束便选取了三色，肩衣、缟熨斗目[1]、狂言袴三部分服装的颜色各有不同。我想，太郎冠者应该和总是反复思考些愚蠢的问题却又真实反映了人类内心的小丑拥有类似的性格吧。与之相对应，主人角色的装束一般选择双色配搭。他身穿长裃——类似西装的礼服——这一层下面穿着段熨斗目这种有条纹的衣服。

熨斗目是一种用绢制作的小袖[2]，这种服装会将条纹和格子大胆勾画在布料上。在这一层衣服外，还要穿一层麻制的肩衣或素袄等有花纹的服装，但是这种搭配却并不会令人感到繁复。或许是因为这两层服装质地不同吧，绢布花纹和麻布花纹的立体感并没有互相冲突。

在高级时装界，服装材料的使用也是一大重点；在我们能乐的世界，数百年前先人们便开始灵活地运用不同的服装材料。而这种关于材料的巧妙创想也刺激着当今世界范围内的艺术家们。

观赏安迪·沃霍尔[3]的《玛丽莲·梦露》等作品时，我发现这种波普艺术和狂言装束中肩衣造型的特殊变形感有共通之处——有这种想法的应该不止我一人吧？

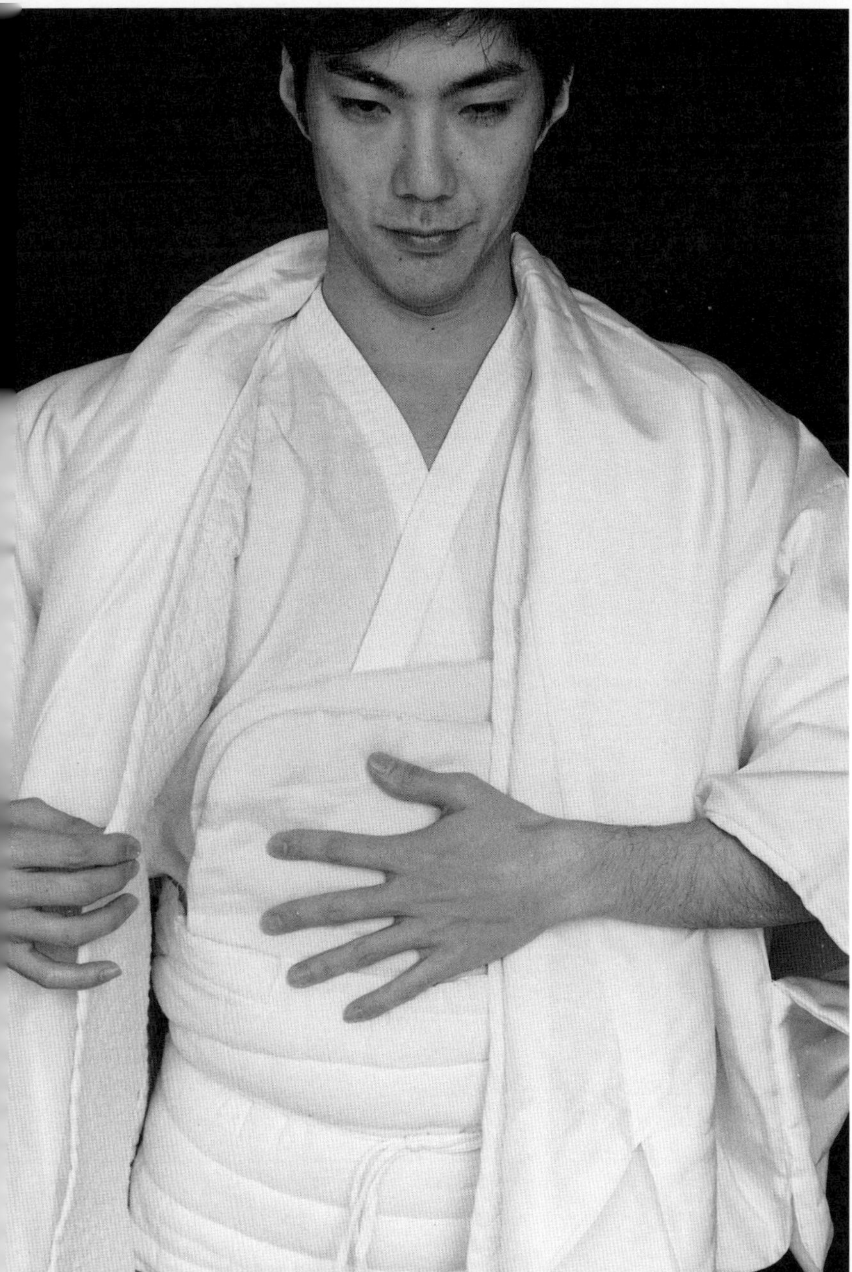

注　释

1. 熨斗目，生经熟纬丝绸服的一种。缟熨斗目和段熨斗目的区别主要在于花纹颜色。
2. 小袖，和广袖和服相对的一种服装样式，指一种袖口较小的垂领和服，是现行和服的原型。
3. 安迪·沃霍尔（Andy Warhol，1928—1987），美国艺术家、印刷家、电影摄影师，波普艺术的开创者之一。

狂言与安迪·沃霍尔

第一次看到安迪·沃霍尔的《金宝汤罐头》时,我有点疑惑,为什么要画这个东西呢?但是又觉得这张图印在T恤背后应该挺不错的。于是我联想到了狂言装束中的"肩衣",这种联想令我自己也感到不可思议。肩衣体现了角色的庶民身份,是狂言中太郎冠者等平民穿着的服装,也是一种肩部呈尖形的上衣。它和袴的上半部分形状相同,但使用的材料是麻布。后背的花纹是经过造型处理的蜻蜓、芜菁等等,可以说,都是选取了一些日常生活中随处可见的事物拔染上去的。

不论安迪还是狂言,都是将十分现实的事物放进一种抽象的形式中,有意地去进行变形处理,再加上一丝通俗的幽默感,从而变得可爱有趣。安迪画的那张《玛丽莲·梦露》也是如此,先是将梦露这样一个真实的人十分规整地排列起来,紧接着又十分夸张地选择了用荧光色去呈现。这部作品乍一看会让人不禁发笑,但是逐渐地,我们也能从中观察到人类的多面性。

狂言成形于14世纪的日本,安迪·沃霍尔则成名于20世纪的美国。我并不知道安迪是否受到过狂言肩衣的启发,但是我从这两者之间体会到了那种穿越时空的共通意识,不知为何,这令我感到有些开心。

狂言与"学"

能·狂言界并不讲究学历。很多人高中毕业后就马上全身心投入了修习能·狂言之中。当然,就算学历高,完全掌握不好演出的技艺也是白搭。我的师父野村万作毕业于早稻田大学,所以我也获得许可修完了大学课程。父亲一次都没对我下过"给我当个狂言师"的命令,却毫不负责地下令:"给我考东大!"可惜的是,我并没有去考东京大学,而是选择了东京艺术大学。

有"高考冲锋号"之称的高三暑假,我身在黑泽明导演的《乱》的外景拍摄现场,出演失明少年鹤丸。但是我手上捧的不是剧本,而是英语单词书。演员加藤武先生以前做过英语老师,所以在片场时我请他辅导我。但是开学之后,我还是发现自己的功课落下了很多。

我就读了东京艺术大学音乐学部日本音乐系能乐专

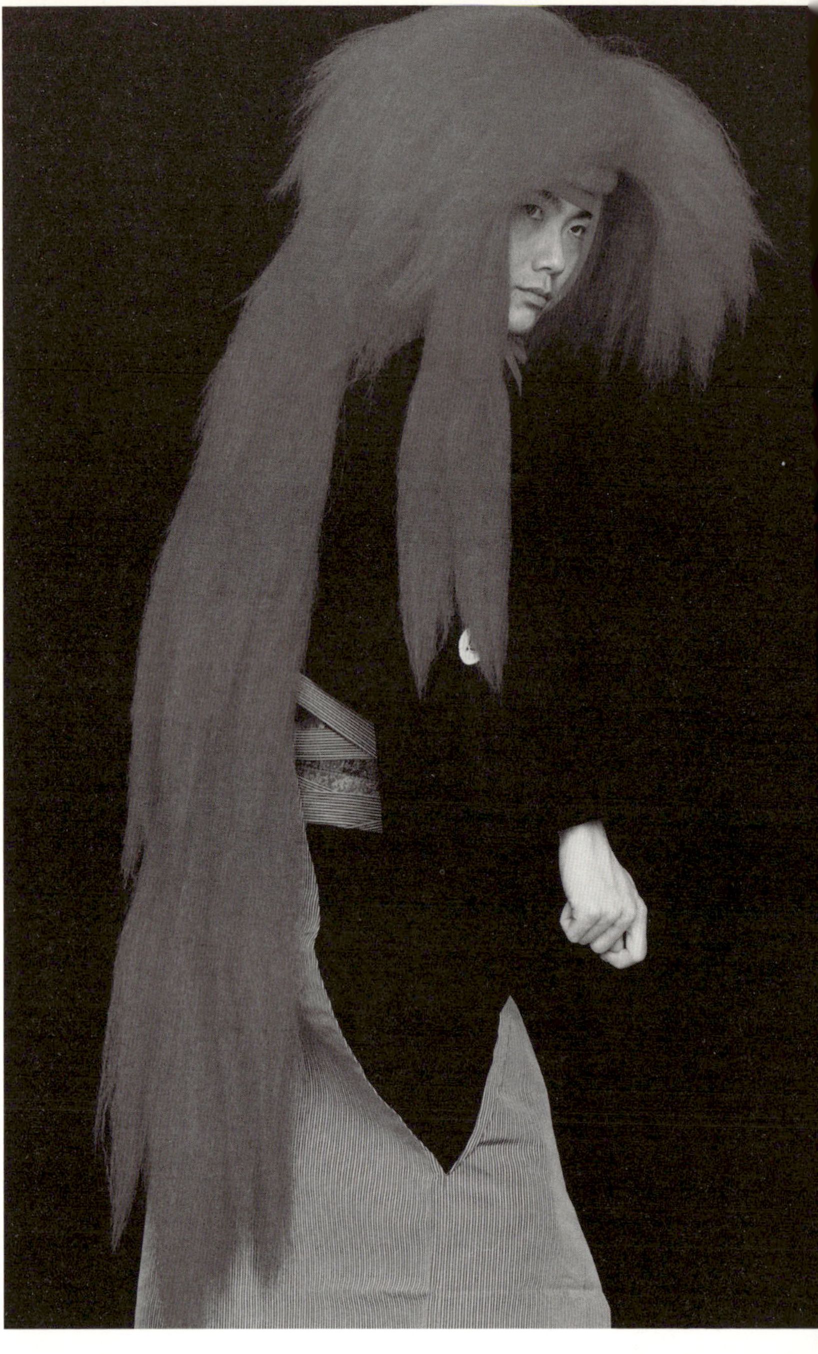

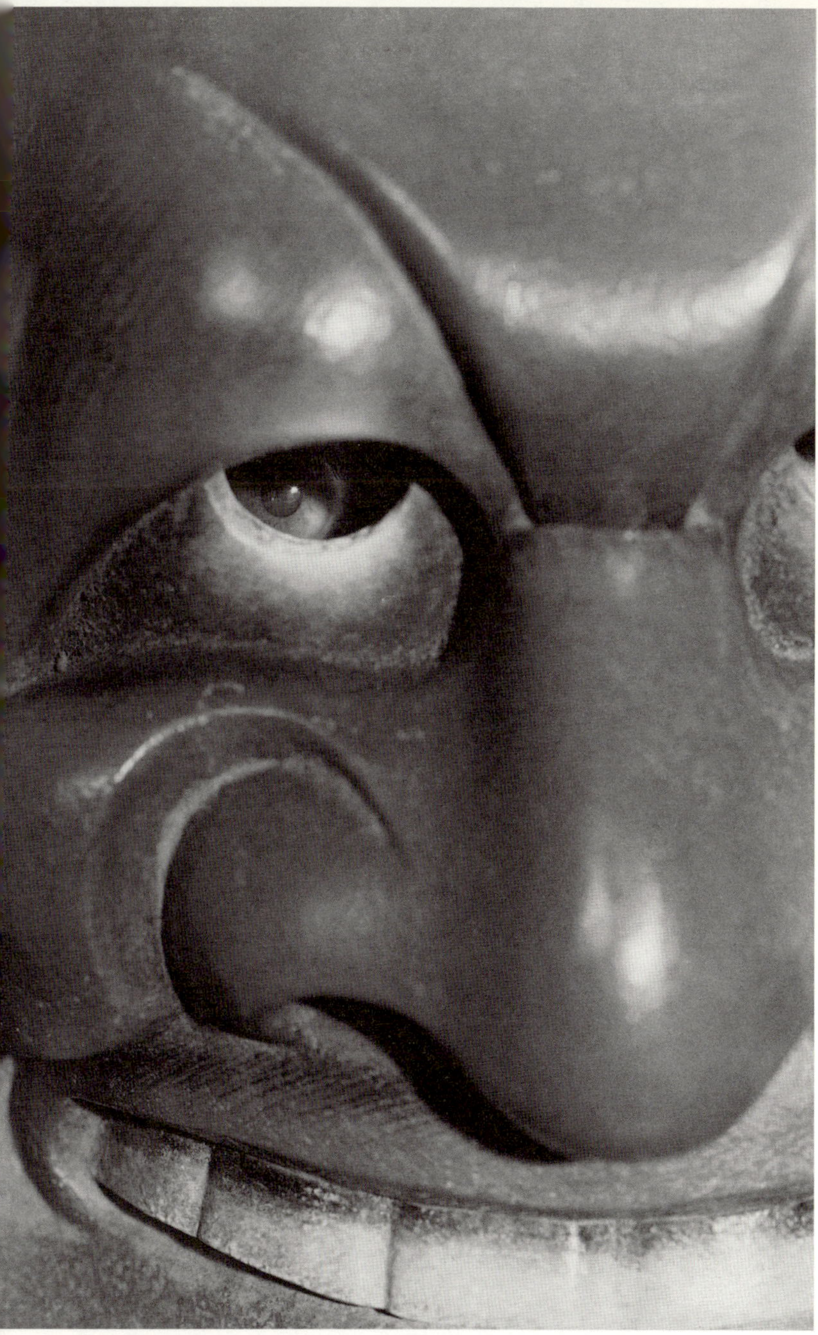

业的狂言方向。我也是这个方向的第一名学生，并且，老师就是我父亲。这一方向此前就已经设置了，但是却没人合格，父亲也是作为讲师在辅导非狂言专业的学生上副课。狂言方向的考试分为一次通考、狂言实操以及乐典考试。对于功课起步较晚的我来讲，只要能考过乐典一科，这个考试科目的安排对我就还是非常有利的。当然，父亲不能为我的狂言实操评分。明明在家就能练习狂言，父子两人却要特意跑到大学去上课，对此，我是有意为之。比起一下子彻底沉浸在狂言修习中，我还是想多呼吸呼吸大学这样的属于"外界的空气"。

在一个狂言世家，小孩子三岁第一次登台，开启他修习狂言的道路。这种修习更类似于调教。但是，真正的修炼是在成年之后，更为严酷，令人十分痛苦。追求自由的自我意识和来自传统的强大的条条框框，二者始终处在矛盾斗争之中。不过，也是在这修炼结束时，我们才终于意识到，只有受到规范和制约才能产生"游戏"的精神，也才能促成真正的自由表现。这就像玩捉鬼游戏，倘若没有指定边界，扮鬼的想跑到哪儿都可以，也就永远不会被抓住，当然就很无趣了。

学习传统的"型"并不需要学历。狂言是通过模仿师父来记下"型"的,所以会要求学生具备一定的模仿才能。这是因为,能·狂言的原型——猿乐——的基本技艺就是模仿。所以,狂言要求学生具备尽早捕捉到师父所展示的"型"的本质和特征,并将其转化到自己身上的能力。捕捉这些本质和特征的感受性也十分重要,因为师父和弟子之间有体格身形的差异,弟子在复制师父的"立姿"时,手臂长短比例和师父的不同者,绝不能照搬师父所展示的手臂角度。和师父拥有并运用同一种感觉,这一点十分重要。自家小孩做学生,和师父是有血缘关系的;而外姓进门求学的弟子想要捕捉到这种感觉,在修习技艺的时候就需要花一段时间和师父同吃同住了。

虽然没有去念东大,但是我从二十五岁起,以教养学部表象文化论的非常勤讲师身份在那里待了三年,负责教授狂言。所以这三年的主题不是"学",而是"艺"。在大学校园里,我有时也会被叫去参加一些兴趣小组。或许对于彻底沉浸在学业中的大学生们来说,我的身上也带着"外面的空气"吧。

为了那些"狂言气"的小孩子

狂言师的表演活动以能乐堂的公演为基础,近些年,现代剧场的演出以及薪能一类的野外公演也有所增加,同时还开办了一些以小初高学生为对象的"狂言教室",主要是展示狂言,进行一些比较脚踏实地的普及推广工作。

自二战后,以父亲为首的狂言师们就开始在这条普及推广的道路上尽心尽力地耕耘着。他们会走进学校的教室和体育馆,为孩子们解说狂言的观赏方式,还会展示教科书上的狂言剧本(如《附子》)实际表演出来的样子。在过去,这样的推广通常都会让孩子们沸腾不已。但是受到近些年电视普及后所产生的受众文化的影响,孩子们的反应日渐淡漠起来。

我从 1994 年夏天开始赴英国留学一年,主要以莎士比亚为核心学习英国戏剧。幸运的是，我在那里也参与了戏剧教育活动。

英国每隔一年会举办一届名叫 LIFT 的戏剧节[1]，其中一个教育项目是让智力障碍患儿进行表演。英国的编舞家、音乐家、美术家，还有日本的前卫舞蹈家救使原三郎会指导他们表演。我一边参观学习，一边也会鼓励和指导这些孩子。

对于无法集中精神的孩子来说，创作很难如愿推进，焦急不已的英国成年人们便请我为孩子们表演，希望以此教育孩子们专注力的重要性。因为每当我开始跳舞，我的精神就会高度集中地去表现"型"，看上去就仿佛性格大变一般，所以他们才真诚地希望我能为孩子们表演。

小孩子有时是很残酷的，因为无须负责任，所以他们会把初次见到外国舞蹈时的那种惊讶情绪用嘲笑的态度表现出来。不过，我在放出大招"飞返"[2]时，嘲笑声突然消失了，那一会儿，孩子们都下意识地屏住了呼吸。"看来是见识到这招的厉害了！"我本来是这样想的，结果嘲笑声马上卷土重来，这下我可真是彻底没辙了。

英国有一个由唐氏综合征患者组成的剧团。我曾为该剧团开设过工作坊。剧团中一位女演员曾说，她只想通过自己的努力去表现自己。我被她的强大意志所感动，因为她为了"表现自己"，近乎贪婪地学习着狂言的技艺。

我三岁便登台表演狂言，也就是说，我内心对"表现"这件事可能还没什么热情，就不得不开始了表现的工作。对于我这样的人来说，这次工作坊使我近距离感受到了那种想要表现自己的渴望。

近些年，我致力于组织面向儿童的狂言工作坊。该工作坊并不是简单地展示和介绍狂言这样一种古典艺能形式，而是从本质出发，通过狂言的表现方法去挖掘表演的快乐，这才是举办该工作坊的目的。

表现自己，并令他人感到愉快，想要做到这些，在表演方法上就必须深钻苦熬。这也是"型"所包含的一个方面。而只有当我们解放、发散了这种对"型"的专注时，表演者和观众才能共享健康、幸福的欢笑。

狂言故事的戏剧性或许没有强大到能够改变一个人的人生观吧。但是它拥有欢笑，而笑是能将胸中块垒消解的。我希望这些孩子每一天都能精神饱满，为此，我想将狂言这种解放心灵的艺术传授给他们。

注 释

1 LIFT 全称 London International Festival of Theatre，即伦敦国际戏剧节。
2 飞返，能·狂言的一种"型"。身体在回转的过程中向上跃起，之后单膝着地，是难度极高的一项技艺。

狂言与海外公演

狂言作为一种古典艺术形式，乍看之下似乎和海外公演并不沾边。因为语言和文化的壁垒会非常厚重吧。但是，我自诩日本的文化使节，携狂言和能一起频繁地赴海外进行公演。

在能·狂言的世界里，若要举出一位常年尽心于海外公演的狂言师，那此人就在我眼前了——正是我的师父野村万作。若说足迹遍布全世界是有些夸张，但是他以美国及欧洲为起点，在包括苏联、中国、澳大利亚在内的多国举行过公演，都获得了成功。

由于在国外演出存在语言的壁垒，所以比起"道白"占比较重的剧目，我们会优先选择诉诸视觉的剧目。其中较具有代表性的就是《棒缚》和《茸》这一类运用肢体语言进行表现的作品。大多数情况下，我们会在场刊上介绍演出剧目的梗概,还会附上剧本的全文翻译。

1982年,我们在中国举行了公演,并参照当时京剧演出的习惯使用了字幕:在舞台上场口和下场口两边摆上字幕板,将字幕投上去。不过字幕的内容并不是同声传译后的文字,而是对表演状况的解释说明。

当时中国很流行穿中山装,提起日本的演艺界,人们就会联想起正流行的千昌夫演唱的《北国之春》或是山口百惠主演的电影。我们在故宫端起相机拍照,就会引起人们的围观。

1989年,我们前往苏联公演时,正值苏联的国家经济政策失败的时期,买什么东西都要排队。我也是唯独在那一次目睹了超市货架全部空空如也的状况。看到苏联首家麦当劳店的招牌时,不知为何有些心痛。在只有外国人才能进入的日本料理店中,品尝着从日本空运过来的材料做出的炸猪排(一份2500日元),我心底泛起一股悲哀。

此次公演首次使用了同声传译导览耳机。导览耳机是头戴式的,观众需要将一侧的耳机错开耳朵,一边聆听同声传译,一边听我们讲台词。

负责同声传译的是一位名叫多利亚的日俄双语翻译

老师，曾经翻译过黑泽明导演的影片。她的翻译非常出色，演出结束后，不少观众十分感动，拥向后台向我们表达谢意。其中一位婆婆很关心我们的身体健康，将西红柿作为礼物送给了我们。那西红柿色泽其实很差，在日本可能根本卖不出去，但在那样的时局下，为了买到西红柿，婆婆不知要排多久的队——想到这里，我真是感慨万千。

《棒缚》讲的是主人不在家，两个仆人明明被绑着，仍然死性不改地跑去偷酒的故事。这个故事在哪个国家演出都大获好评。

《茸》讲的是庭院中生出了个头和人一般大的蘑菇，自大的山伏为了驱除蘑菇进行祈祷，结果越是祈祷，蘑菇的数量就越是暴增。最后"鬼茸"现身，山伏被追赶着落荒而逃了。

20世纪70年代，我们在美国演出了《茸》这出戏，当时的观众从剧中解读出了强烈的社会讽刺意味。头戴斗笠在场上来回转动行走的蘑菇令美国人联想到了越南士兵，而妄图用武力使其屈服的山伏则令他们联想到了自己的国家。

这个夏天（1998），我们将首次赴越南进行公演，可惜的是不会上演《茸》这出戏。不过我会和父亲一道演出《棒缚》。期待着在剧场这样一个空间里,能有片刻,和越南观众们一道陶醉于美酒之中。

葫 芦

在狂言剧目《节分》中，节分之夜，有鬼自蓬莱岛来，第一次见到一个日本人的妻子。

他爱上了这个美人，想要追求她，于是唱起了蓬莱岛上流行的小曲。这些曲应该是以室町时代的流行歌曲为基础创作的，其中一首小曲名为《葫芦》。

> 无聊无聊
>
> 真无聊
>
> 大门口上挂葫芦
>
> 不时有风吹过来
>
> 吹呀吹呀滚向你
>
> 吹呀吹呀滚向我
>
> 咕噜咕噜滴溜溜

咕噜咕噜滴溜溜

葫芦高高挂那里

真有趣呀真有趣

　　黑泽明导演在年轻时经常去能乐堂看戏，也曾经看过《节分》的演出。他的作品《乱》以莎士比亚的《李尔王》为原型，影片中的小丑狂阿弥在讽刺得到家督之位的窝囊废长子时，就唱了这首《葫芦》。

　　我的父亲、师父野村万作负责指导《乱》中的狂言部分，教授演员表演《葫芦》。黑泽导演想依照能中的"弱法师"的形象寻找饰演"鹤丸"的演员。"鹤丸"是片中活到了最后的一名不幸的眼盲少年。导演希望我父亲能推荐一些十岁左右的能乐师家的孩子作为"鹤丸"一角的候选演员。

　　我的母亲名叫阪本若叶子，是一位诗人。她十分喜欢看电影，所以将自己十七岁儿子的照片混进了父亲收集的众多"鹤丸"候选人的照片中。那是我初次出演《三番叟》时的照片，而这部《三番叟》就是我下定决心成为狂言师的契机。

　　关于《三番叟》，我有着许多深刻的回忆。在那之前，我一直都是在一种半被迫的状态下学习狂言，而初次演出这曲《三番叟》是我第一次主动去练习。

当时我在学校隶属于男子篮球部，为了不让我的膝盖关节变松，父亲令我休息一个月，先不参加篮球部的训练了。现代的运动要求膝盖能够柔韧自如地屈伸，这一点和能乐（能、狂言的总称）是无法兼容的。

读小学时我经常去滑雪，但是吸收雪包的动作总也做不好，为此也吃了不少苦头。近些年因为担心骨折，所以也没再滑过雪了。我甚至想，干脆现在跑去滑个雪，脚骨折了，就能休息了……

或许就是从狂言的小曲《葫芦》开始，我的人生发生了改变。葫芦、黑泽明导演、师父万作、鹤丸，还有我自己。这还真是"葫芦嘴里变出马"[1]了。我现在很忙碌，也很愉快，生活转个不停……我也的确希望这样。不过一旦失去平衡，"马"恐怕就会倒下吧。

出演《乱》这部影片也是我初遇莎士比亚。在那之后，我又于东京环球剧场主演了《哈姆雷特》，出演了《暴风雨》中的爱丽儿，参与了改编自《温莎的风流娘儿们》的狂言《法螺侍》，最后发展到了留学英国。我也成为依日本文化厅艺术家在外研修制度访英留学的第一名狂言师。经历了这一切,才有了现在的我。

不过,我到底只是一只挂在门上的葫芦罢了。被风刮着,咕噜咕噜地打滚,一会儿滚向这儿,一会儿滚向那儿。年过三十的我,一切仍未有定数。我就这样忙忙碌碌,同时又好似无所事事般地活着。

注 释

1 原文"瓢箪から駒",意思是从葫芦嘴儿那么小的地方飞出一匹马那么大的东西。指发生了出乎意料、毫无根据的事情,或指随口开的玩笑竟然成真了。

狂言与"未来"

从英国留学归来后,有五年时间,我思考任何事都是以狂言为基准的。在不远的未来,我准备进行一系列跨类别的活动,比如执导狂言气息相对较弱的新作,并在演出中起用现代戏剧的演员。即便如此,我的活动仍然会以古典狂言为基础,这一点是不会变的。我想以狂言为基底,创作出能令自己感到骄傲的作品。

从英国回来后,我开始按照自己的想法执导狂言演出,同时,我也在狂言的"数字化"究竟为何这条道路上反复试错。我将古典剧目引入现代剧场的舞台,同时也将新作引入古典的能舞台,还请狂言师在现代剧场表演了芥川龙之介的《竹林中》……我就这样按照自己的想法进行着尝试,这些尝试最终会走向何方,眼下我还不知道。

与此同时，我作为演员也希望扩展更多的可能性。我参与了电影的拍摄，也出演了戏剧导演蜷川幸雄的作品，参演了古希腊悲剧、莎士比亚戏剧。我想，以一名当代演员的身份参演作品的机会，总有一天也会到来吧。

我还必须培养后继者。在我们这个剧团中，我父亲已经七十了，叔父年过六旬，父亲的弟子石田幸雄先生年过五旬，没有四十来岁的人，但三十多、二十多以及十来岁的成员都各有几名。对于狂言表演来说，各个年龄段的演员都存在，方能更好地展现这一艺术的深厚底蕴，所以在指导后辈这方面绝不可懈怠。而且，现在距家中子女初次登台的时间也已经很近了。

总的说来，我作为一名狂言师的服务精神还是很旺盛的，不过和父亲不属于同一类别。叔父万之介也很有服务精神。祖父则是到了晚年，服务精神反而旺盛了起来。

时至今日，观赏镰仓时代的佛像雕刻师运庆和快庆的作品时，我都深有体会：即便时代久远，伟大的作品无论到了何时都是伟大的。在狂言方面，我们也应致力于此。不过与此同时，我内心还有一个念头，就是狂言必须随着时代的脚步一同前进。保持这两方的平衡尤为重要。

不能因为是艺术，就要求观众以仰观的姿态感恩，也不能一味地取悦观众，觉得"只要观众们笑了就好"。应该毫不动摇地恪守表演的规范，但同时也要呈上一台能让观众感到放松的演出。我希望自己能做到这两点。

莎士比亚

我既将莎剧改编成狂言作品，也作为一名演员出演莎剧。狂言因为"型"的存在而拥有"数字化"的特征，可以说，它网罗了相当多种类的表现方法。不过当狂言遇到莎士比亚的作品时，狂言中所没有的新的身体"程序"就变得十分必要了。狂言自身可能会因为"新程序"而得到一个技术层面的扩展，但技术同时也可能会对古典狂言产生不好的影响。不过，当我们有意地去呈现古典时，适当地开展狂言以外的舞台活动总归是很有必要的。

比如说，表演狂言时为什么要用到"擦足"的动作？为什么要从最基础的"立姿"开始狂言的表演呢？

倘若没去英国留学，我可能不会重新思考这些问题吧。毕竟对于一名狂言师来说，这种问题就像问一个人为什么要吃饭一样。然而，倘若要深挖这些问题，我发现，在一贯的解释上，每一次的深度挖掘都还能带来不一样的想法。

在不断试错的过程中，新的表现手法也随之逐渐成形。但其中大部分表现手法并非我的独创，因为就算是莎士比亚，也一样进行过大量的借鉴，方能够创作出那些经典的作品。

英国戏剧也是有"型"的，尤其是语言的"型"。它们的抑扬顿挫，也就是"朗诵方法"，其实和狂言非常接近。语言和人物的关系、语言的程式性和表演的程式性的关系都是十分紧密的。用现实主义的表现手法去诠释文言体的剧本，这本身就无法成立。

我们狂言师在诠释文言体的剧本时，也会使用"道白"这样一种程式性的手段。而莎士比亚作品的"形式"其实就是"诗"。演员必须使用道白的方式去表现诗的内容，因为倘若用对话去表现，这出戏就变成一出口语体的戏了。我在想，日本的演员在表演时，对于不同形式之间会产生落差这件事，能够意识到什么程度呢？诗的道白是要高于个人情感的，是通过神的双眼在阐述。现代戏剧中的演员大多有将一切口语化，动不动就说太多的倾向。

以《哈姆雷特》为例，哈姆雷特相信他父亲的亡灵始终在某处凝望着自己，所以他道白的视点就不局限于自己的主观。他会有意识地表达那种"一直有人在背后盯着自己"的感觉。由此我们可以联想到，在古典艺能的舞台上，"后见"一职就身处演员的背后。在演出大曲时，师父一般也会在演员身后，面对舞台坐着。

滑稽闹剧

现代剧中也有很接近古典的形式，那就是短剧。2000年夏天，我将作家伊藤正幸所写的短剧搬上了狂言的舞台。而喜剧和狂言之间是有着诸多共通的创作技巧的。

对于一些新作，我常感觉阅读其文字更加有趣一些，那么其实就没必要特意搬上狂言的舞台了，不是吗？单在读剧本时感到有趣其实并不是什么好事。对于表演者来说，如果文字没有为表演留出足够的施展空间，就很令人头痛了。在这一点上，伊藤先生写的剧本可以说到处都是"空隙"，这种剧本单读文字会有种不知所云的感觉。但正因为有了这些"空隙",演员才能切实地掌握足够的表演空间。

在两个演员配合表演"照镜子"的时候,"照镜子的人"和"镜中人"单是身形一致并不能让观众感到有趣。两个人只是长得像,并不能称为一种"表演的艺术"。明明眼前没有镜子,却又在一瞬间"看见"演员真的在照镜子,这种感觉才会有趣。"让观众在想象中看见舞台上真的有面镜子,我想做到这样的效果",伊藤先生曾经激情澎湃地讲道。于是他创作了《镜冠者》这部短剧。我在剧中出演太郎冠者,父亲则扮作"我的镜子"。

我和父亲身形完全不同。但是照镜子的时候,我们的每一个关键的动作点却完全一致。那些瞬间,两人的动作同步得天衣无缝,反倒让人感觉有点恐怖了。

我们学习技艺的方式是模仿师父。身形这种东西是模仿不来的,但是对"型"的表现本身绝对要和师父完全相同。加之我们既是师徒又是父子,动作相同更是理所当然。这也正是这部《镜冠者》的关键所在。在伊藤先生的剧本中,这一部分完全是空白的,没有做任何描述。所以,不实际尝试一下,谁也不知道会演成什么样子。于是我们先表演同一种"型",自然地呈现出照镜子的效果,在此基础上再选取下一种"型",决定下一句台词。我们就按照这样的方式呈现了这出戏。最终从观众的角度来看,恐怕极为接近古典狂言了吧。

安倍晴明

话说回来,2001年,我出演了电影《阴阳师》(导演:泷田洋二郎)中的安倍晴明一角。原作者梦枕貘先生指名希望我来饰演安倍晴明。该作的漫画版本由冈野玲子女士执笔,她笔下的安倍晴明和我似乎也有些相似。也因为此种种因缘,我决定就比较自然地按本色出演了。

对于我来说,所谓的"自然",与其说是呈现"一个活生生的人"的表演,不如说是切身习得了"型"之后的那种"数字化"的表演。我虽不能像安倍晴明那样使用咒术,但狂言的"型"本身便是数百年前先人们长久打磨出来的技术,所以运用"型"去塑造角色会非常有效。芥川龙之介的《竹林中》的故事和本片的故事处于同一时期,我也曾将前者搬上狂言舞台。《竹林中》和《阴阳师》都有同一个前提,就是默认在那个时代,恐怖的黑暗以及种种的诡怪、怨念都有着实体。这和狂言世界观中的"自然"是相通的。如果《阴阳师》能够被人们广泛地认识,那么看了这部影片的人或许也能够体会到古典狂言是多么有趣了吧。

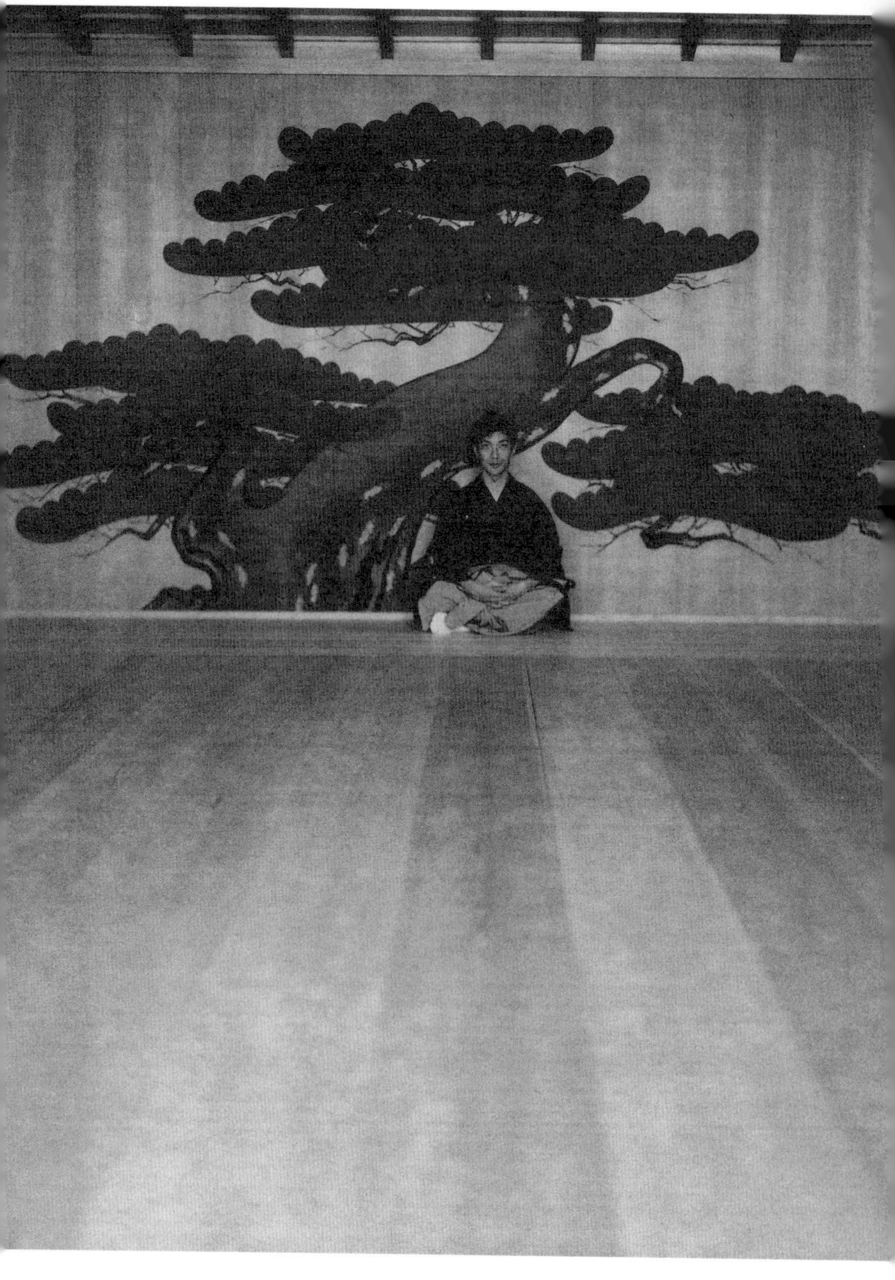

后记　我是狂言机器人

2001年7月末,我又来到了沿伦敦泰晤士河建造的莎士比亚环球剧院。从后台休息室的窗户望出去,泰晤士的对岸是白色的圣保罗大教堂。河上往来的船只,悠然闲逛的游人,一切都是那么热闹。此次,我将在环球剧院上演《错误的狂言》。十年前,我在英国的日本戏剧节上参与演出了《法螺侍》。

这十年间,我积累了各种各样的新体验。对于我来说,最重大的经验就是1994年的那次英国留学了。此次的演出,我依然邀请了当时《法螺侍》的改编者高桥康也老师进行故事的改编。我自信,这一次的剧本在内容上要比上一次更上一层楼。《法螺侍》是将莎士比亚的作品狂言化,而《错误的狂言》则是以狂言的手法忠实地还原了一出纯正的莎剧。

当我再度翻看本书，我仿佛又将自己的"进化过程"回顾了一遍。我一边读着一边在想，在"狂言是也座"的场刊上还将我的名字写作"武司"的十几年前，原来我是那样思考、那样感受的呀。而在《日本经济新闻》上连载的《眼》《耳》《手》《足》《鼻》等等，当时也是以一种将五感全部打开的状态写下的。

从英国归来之后，我在高度忙碌的状态中不顾一切地努力着。但是，迄今为止的诸多体验，以及我自幼便已经开始的对"技艺的基本"（教养）的学习，这一切都不是在做无用功。而那些不能说是"成功"的体验，同样也成了推着我前进的动力。在天才导演罗贝尔·勒帕热执导的《暴风雨》中，我并没有演好爱丽儿这个角色。但我希望自己能认真思考自己究竟哪些地方做得不好，我相信这是为下一次做得出色而铺就的台阶。勒帕热导演也观看了此次的《错误的狂言》，他对这出戏赞不绝口。他在个人演讲时也极力推崇我们的团队，评价我们"为古典带来了新的诠释，出色地将东方与西方融会贯通"。

然而光阴稍纵即逝，要做的事情还有那么多。就此作诗一首，聊以寄怀咏志吧。

我是狂言机器人

我生于三间四方小宇宙
能舞台之后台中
演出之技艺由父亲改造
演出之感性由母亲赋予
演出之欢喜由祖父传授

我是狂言机器人
伸手纵切虚空
运足跋涉水面
挺胸膛仰观天宇
立后颈拔于项背
须臾我跳跃
如石崩于地
谛听宾客骚然
铿锵回响于小宇宙之间

我欲执狂言——人间之赞歌
发抵大宇宙之所存在

告语全人类之肺腑言

洒脱欢笑之力

远非睚眦相争所能比较

我是狂言机器人

我是人间狂言师

文库本后记

值此文库本刊行之际，我又将当时的初刊版本重读了一遍，虽然初版已经过去了十二载，但我竟感觉基本没有什么需要修改的地方，于是产生了疑问："我这些年有进步吗？"

其实这本书题名"狂言机器人"，是取自石森章太郎的作品「サイボーグ009」。这部作品的主人公身体中有一半是"机械的"，他属于"被编程"的人类，而变成这样和他自身的意念并无关系。可以说，这个题目中或多或少蕴含着些悲哀。

这十二年间，我的儿子野村裕基也和我当年一样，三岁初次登上狂言舞台，走上了我们野村家"始于猿，终于狐"的"狂言机器人"养成之路。NHK 电视台曾经把他练习并初次登台表演《韧猿》的过程拍摄成了纪录片，片中的我完全变身成为"魔鬼程序员"。但是在他初次登台的表演中扮演驯猴人的我，看着扮成幼猴的儿子，忍不住流了泪。[1] 这个孩子作为狂言师的一生就这样开始了，我本应对此感到欣喜，但又想到，从此以后，他将背负起和我一样的宿命，以狂言为武器和这世间的种种战斗，而我就这样让他踏上了艰苦的征程。

裕基开始懂事时曾问我："我为什么一定要表演狂言呢？"当年我因为害怕师父万作，所以不敢这样问他。轮到我的儿子，他却很简单直白地问出了这个问题。我苦苦思索答案而不得，于是老实地回答道："其实我和你想的一样。"

在当今这样一个现代社会，单是以家业为目的去传承狂言，在技术层面上是做得到，但是从文化层面上讲，难度真的太大了。要与日语的使用以及生活方式的改变相对应，这对狂言的存在本身就是一大考验。在如今这样的情况下，我们为什么还要将狂言当作立家立业之本呢？

它的答案，只有继续走这条狂言的道路才能知晓吧。我，一个活生生的人，在表演狂言；而观众们会动身前往剧场，观赏狂言。在我将"活着"的那种喜悦分享给在场所有人的那一瞬间，答案就会宛如彩虹一般显现。狂言机器人，必须不停地战斗下去，这是何等的宿命！

这十二年，为了证明我这个狂言机器人的存在，我努力地活着。我担任着世田谷公共剧场的艺术总监，也执导过舞台演出，一直坚持常规出演电视节目《用日语来游戏》，还在雅典演出了《俄狄浦斯王》，在伦敦演出了《哈姆雷特》。《错误的狂言》里那句"搞不懂呀搞不懂"[2]变成了老少皆知的一句狂言台词，该作品也曾数次在海外演出。这些年，我十分沉迷于中岛敦的作品。现在，我正致力于把法国作曲家拉威尔的作品《波莱罗》编排成舞蹈并进行表演。此外，我时隔九年之久主演的电影《傀儡之城》票房大获成功。

作为一名狂言机器人，我体会着生的喜悦；当然，作为一个活生生的人，我也在感受着生命的欢乐。再次，向支持、帮助我活着的所有人致以由衷的感谢！

注　释

1　《韧猿》讲的是大名带着太郎冠者去狩猎，路遇一个驯猴人。大名想用猴皮做个箭袋，便要驯猴人交出小猴。驯猴人拒绝，大名便以弓箭相逼。驯猴人被逼无奈，又不愿大名碰小猴，遂决定自己动手。

可当他举起手杖，小猴却以为是要表演才艺，竟天真地抱住手杖表演起了划桨。驯猴人心痛大哭，恳请大名不要杀小猴。大名也深受震动，流下泪来，不再伤害小猴。为了感谢大名，驯猴人领着小猴表演起了歌舞。大名看得快活不已，将扇子和小刀赠予驯猴人，最后连衣服都脱下来赏给了对方。狂言师常在三到五岁时以扮演该作品中"小猴"一角（戴着小猴面具）作为修习狂言的开始，和泉流尤为如此。

2 原文"ややこしや"，纠缠不清、复杂难解之意，出自高桥康也作、野村万斋导演的《错误的狂言》开场的一句话。在野村万斋常规出演的NHK教育节目《用日语来游戏》中也被用到，故在小孩子中间产生了巨大影响，人气很高。

出版后记

在这本书中，日本国宝级艺术家野村万斋先生与读者分享了他的成长历程、创作焦虑、不满足的自省，以及自我挑战与突破。他将目光投向身体文化的深处，从头到脚、由内及外地展现出传统艺术所蕴含的个性力量，在古典艺能、现代戏剧和影视表演中进行着一次次的探索。

对于喜欢狂言艺术和万斋先生的朋友来说，这是一本必读之书。希望大家在阅读中都能有所收获。

为了开拓一个与读者朋友们进行更多交流的空间，分享相关"衍生内容""番外故事"，我们推出了"后浪剧场"播客节目，邀请业内嘉宾畅聊与书本有关的话题，以及他们的创作与生活。可通过微信搜索"houlangjuchang"来获取收听途径，敬请关注。

服务热线：133-6631-2326 188-1142-1266
服务信箱：reader@hinabook.com

后浪电影学院
2020年11月

图书在版编目（CIP）数据

狂言机器人 /（日）野村万斋著；董纾含译 . -- 成都：四川文艺出版社，2020.11（2021.4 重印）
ISBN 978-7-5411-5805-6

Ⅰ . ①狂… Ⅱ . ①野… ②董… Ⅲ . ①古典戏剧—戏剧研究—日本 Ⅳ . ① I313.073

中国版本图书馆 CIP 数据核字 (2020) 第 180297 号

KYOGEN CYBORG by NOMURA Mansai
Copyright © 2001 NOMURA Mansai
All rights reserved.
Original Japanese edition published by Nikkei Publshing Inc. in 2001.
Republished as paperback edition by Bungeishunju Ltd., Japan in 2013.
Chinese (in simplified character only) translation rights in PRC reserved by NOMURA Mansai, Japan arranged with Bungeishunju Ltd., Japan through Bardon-Chinese Media Agency, Taiwan.

本书中文版权归属于银杏树下（北京）图书有限责任公司。
版权登记号图进字：21-2020-323

KUANGYAN JIQIREN
狂言机器人

[日] 野村万斋 著
董纾含 译

出品人	张庆宁	选题策划	后浪出版公司
出版统筹	吴兴元	编辑统筹	赵丽娜
特约编辑	肖潇	责任编辑	李国亮 邓敏
装帧制造	墨白空间	营销推广	ONEBOOK
封面设计	蔡佳豪	责任校对	汪平

出版发行	四川文艺出版社（成都市槐树街 2 号）
网　　址	www.scwys.com
电　　话	028-86259287（发行部）028-86259303（编辑部）
传　　真	028-86259306
邮购地址	成都市槐树街 2 号四川文艺出版社邮购部 610031
印　　刷	北京盛通印刷股份有限公司
成品尺寸	130mm×185mm	开　本	32 开
印　　张	7.5	字　数	116 千字
版　　次	2020 年 11 月第一版	印　次	2021 年 4 月第二次印刷
书　　号	ISBN 978-7-5411-5805-6	定　价	62.00 元

后浪出版咨询(北京)有限责任公司 常年法律顾问：北京大成律师事务所
周天晖 copyright@hinabook.com
未经许可，不得以任何方式复制或抄袭本书部分或全部内容
版权所有，侵权必究
本书若有质量问题，请与本公司图书销售中心联系调换。电话：010-64010019